秀才的手表

袁哲生 —— 著

北京联合出版公司

目 录

1　代序　袁哲生的寂寞与游戏/张大春

15　自序　语言安静下来的时候

1　秀才的手表

29　天顶的父

123　时计鬼

229　台湾常用方言简译

237　袁哲生生平写作年表

代序 袁哲生的寂寞与游戏

张大春

我们为什么写作？一个看似寻常的问题，其不寻常处在于提问者设定了一个共同的主词：我们。我们可以是指同一个语种、同一个社会、同一个时代、同一个文类、或者是同在一个社团、街坊、协会或者同一张茶几酒桌上对话之人。这个问题一定也有着言人人殊的答案。仅就我记忆所及，无数张杯盘狼藉的桌上，就摊着"求偶""成名""谋生""创造"以及"寂寞"这么些语词。

袁哲生生前与我倾谈无数过，没有一个话题不落实，除了"为什么写作？"这个大哉问。然而，也是在这个话题上，他向来噤然无一语。我们最后一次交谈是在电话里，他当时担任《FHM男人帮》杂志的总编辑，刚刚出版了四册《倪亚达》。书已经系列出版了四本，据说销售还不恶，而且有机会改编成电视剧，有相当可观的市场预期。

我在书架前来回踱步，听他说起"倪亚达"这个男孩主角的设定，说了很久——特别是"倪亚达"和之前十多年我所创造的角色"大头春"之间的关系；哲生似乎带着些其实不必要的不安之意，支支吾吾地表示："倪亚达"只不过是"大头春"更幼稚的延伸版。而我则不怎么体贴地反问了一句："如果不满意，为什么还写那么多部呢？"他嘻嘻笑着说："大概是为了赚钱吧？"

刻意把生命中原本具有高贵感的动机说得可笑不堪，似乎是哲生的习惯。然而，几个月之后，传来哲生自缢的消息，令我不觉惊骇而黯然。这个看来随时都可以自己开玩笑的汉子好像一直都敏感、脆弱而容易受到无法平复的伤害。那么，我伤害了他吗？"如果不满意，为什么还写那么多部呢"这话伤害了他吗？

　　重读哲生的两本遗作，多多少少有追问"为什么"的意思，只不过追问的不是写作，而是寻死。我可以先公布结局：即使尽我余生所有的时间与精力重读他所有的作品，仍然不可能找到他放弃活着的原因。

　　这使我不得不想起一部电影：《时空拦截》(*Jacob's Ladder*)。老实说，电影故事梗概很难讲得完整，影像意图也不容易说得明白，被归类为惊悚片当之无愧，因为片子结束的时候观众大约才意识到，电影一开始那个像是从越南战场上历劫归来的主人翁其实并未归来，他的生还只是死前的谵念渴想而已。经过导演堆叠架构、穿插藏闪的无数暗喻和象征，我们大约才能发现：《圣经·创世纪》第二十八章第十至十二节被用以为典故的片名所含藏的意旨。

　　《圣经》本文如此："雅各离开别是巴往哈兰去。日落时，他来到一个地方，在那里过夜；他搬一块石头作枕头，躺在地上，睡着了。他梦见有一个梯子从地上通到天上；梯子上，上帝的使者上下往来。"

而在观影过程中每每被视为鬼魅灵异的角色，正是天梯上"上下往来"的"使者"；只不过导演 Adrian Lyne 让这些"使者"融入了主人翁记忆、虚构、妄想中的生命遭遇。我们看到了最后一个镜头，不由得骇异：啊！原来主人翁早就死了。或者：原来主人翁是个疯子，他根本没有上战场。或者：⋯⋯

Adrian Lyne 故弄玄虚，是为了打破惊悚片中那些狼人、幽灵、怨鬼的老套，让现实在世的尖锐暴力成为比死亡还可怖的隐喻。但是在哲生诸多零落的短篇（以及尚未组装完成的烧水沟系列），已经可以看出端倪：他的故事也有一个巧妙的掩饰：那些看起来说不完的、老是周旋于青春期天真乡村风景之间的成长故事，总是窥探着死亡。

《寂寞的游戏》（1998）描写的是主人翁"我"十三到十四岁间的成长经历，破碎而凌乱的叙事线并没有引导读者发现"我"究竟如何获得现代小说一向会带来的启悟（epiphany），整篇故事围绕着一个走不出去的困境，我们甚至不知道那困境的本质是初次萌发、懵懵懂懂的爱情？还是充满了荒谬折磨的教育体制？还是令"我"容易沉溺其间的"一些不副实际的胡思乱想"？唯一明朗的线索是一再重复，且使"我"难以自拔的一个场景：

> 我就这样躲躲藏藏了许多年，直到有一天，捉迷藏的乐趣就像一颗流星，眨眼间就消失得无影无踪。那天，我躲在一棵大树上，等待我的同伴孔兆年前来找我；我等了很久，一直等到天色渐渐暗了下来。幸福的感觉随着时间慢慢消失，终于，我看到孔兆年像个老人似的慢慢走过来。他慢条斯理地站在我藏身的大树底下，看看右边，又看看左边，然后，倏地猛然抬起头来——我还来不及尖叫便怔住了。他直愣愣地望着我，应该说是看穿了我，两眼盯着我的背后，一动也不动，令人不寒而栗。我从来没有看过那样一张完全没有表情的脸，和那么空洞的一双眼球，对我视而不见。

看似幼稚的游戏，竟然带来沉重的发现：经由同伴的"看不见"，"我"所体会到的，却是"自我的不在"。

这一场捉迷藏的游戏结束在这样几句悲伤的话语上：

接着，我清清楚楚地看到自己蜷缩在树上，我看见自己用一种很陌生的姿势躲在一个阴暗寂寞的角落里，我哭了。

这篇小说的结局很有《麦田捕手》（The Catcher in the Rye）的风味，"我"拿着行李，逃课逃家，前往中影文化城，准备去参观他很久以前就想去逛的蜡像馆。"我"从驾驶座前方的后照镜看见自己的笑容。"我"笑得很自然，很诚恳（这笑容——作者在前后两段中重复书写了两次——），可是主人翁接着透露："因为错过了开放参观的日期，所以没能进去。"他只能"从一堵白墙上的石窗格望过去，只隐约看到一些角落里的人物，还有盆景、假山、鸟笼等等全都纹风不动，红色的夕照从窗格弥漫进去,把所有的东西都糅合在一起。我注视了许久,直到它们熔化成一团火焰,不留一丝灰痕……"

错过了开放时间,显然来自詹姆斯·乔伊斯(James Joyce)在《都柏林人》(*Dubliners*)里的短篇《阿拉伯商展》(*Arabian*)的结局,阿拉伯裔的都柏林小男孩每每被心仪的女孩建议,应该去看那商展,小男孩错过了开放时间,却在紧闭的商展茶色玻璃门上忽然"看见"了自己的肤色。乔伊斯的暗喻极为隐晦,而袁哲生的暗喻则更加沉埋;我只能说:他不被看见的自我,似乎也和他想要、却无法看见的对象一同化为生之灰烬了。

然而这可能只是一个理解的开端。

写于1995年、令哲生声誉鹊起的《送行》叙述了一家两代三口(一个即将出海的厨工,和他因逃兵被捕的长子,以及不得已而得寄宿在港市中学里的次子)在一列上行火车上无言而苍凉的送行。

看来和大部分哲生的小说十分类似,这个短篇仍然压缩了情节的开展,我们看不到一般习见的因果叙事,佛斯特那著名的"国王死了,于是王后伤心而死"铁律似乎失效。读者甚至会讶异:那个身为青少年的次子,在一夜之间经历两个至亲的迥远分离,为什么会那样冷淡、甚至那样冷酷地只顾着买棒球手套、辗转打听暗恋的女童、买热狗大亨堡以及逗弄陌生的儿童。而且,这些事为什么看来和送行无关?

倘若将发表于三年后的短篇《父亲的轮廓》比附而观,《送行》的轮廓也许会更清晰一些。《父亲的轮廓》只有三千多字,给人一种非小说的压迫感。从模拟写真的叙事语气来推敲,显然哲生希望他的读者将此作视为作者亲身的遭遇。一个腼腆、和善的父亲可能是世上唯一察觉儿子有自杀之念的人,他所能做的,也只有在儿子备受压力或斥责之后来到他正在假寐的房间,拉开椅子坐一会儿,留下一点零用钱,以及不时会出现错字的勉励之语。

拙于言辞的温柔父亲终于还是离家出走了——比起《寂寞的游戏》中的"我"要严重得多,这位逃家的父亲由于得到了一大笔遗产而出走、而沦落、而死于不知道是否出于蓄意的车祸。这个看似非常戏剧性也不免庸俗的事件所导出的小说结尾，却翻新了现代主义作手经常卖弄的神悟手段：

> 突然有一个晚上，当母亲走进来的那一刻，我从床上坐起来，叫唤了一声："妈！"我听到母亲立在门边的黑影渐渐发出沉重的呼吸，过了不知道多久的时间，母亲的轮廓开始颤动、啜泣起来。我对自己突如其来的举动感到十分后悔，不知该如何面对这个终于到来的时刻。
>
> 母亲仿佛一个做错事的小孩那样，将门重新掩上、离去。我的眼前又恢复成一片黑暗。我坐在床沿，紧握双拳，心中又重新燃起了一股想死的念头。

叙事者兼角色并未因故事的展开而获得启悟，他只是重新陷入原始的困境。这个"本来无一物，何处惹尘埃"的处境是最深刻的悲哀。由此也可以看出：由《秀才的手表》《天顶的父》《时计鬼》三篇所构成的"烧水沟系列"（如果本来有此一书名的话）其实是不可能完成的。不可能完成的原因也很明显：哲生已经写成的三篇也都没有展开任何系列作所应该展开的内在意义。他试着运用一个虚构的台湾农村边缘人物所渲染出来的现实主义描述手段，煆接上以闹剧情节（或动作）所形成的滑稽突梯的超现实风味，再混合上妖魅鬼怪的佐料，让一群乡村少年和他们因守穷乡的祖父母上演着一幕又一幕送往迎来的死亡和离别。

叙事者兼主人翁的父亲（外省仔）和母亲始终没有出现在现实的情节之中，"我"、"我"的外公黄水木、阿妈（外婆）、邻居火炎夫妇和他们的儿子武雄和武男、算命仙仔阿伯公、老师、牧师、以及分别在不同篇章里扮演单篇主角的秀才、空茂央仔以及名字谐音"有死人"的神秘同学吴西郎……他们之间缺乏内在的、有机的联系，非常接近电视连续剧（尤其是喜剧）中常见的"个性／情境"双重设定——质言之：就是将角色与环境在通俗社会的规范或风俗、习惯价值体系里稳固下来之后，让情节追随个别人物之间相互冲突的意志而展开。在通俗剧里，这一套作法可能是市场安全的保障，因为剧情既不可能违逆观众对于角色的预期，也不可能挑战观众的基本价值观。

哲生看似对于这个类型的书写有一些期待，他试着从《送行》《寂寞的游戏》《父亲的轮廓》《密封的罐子》那种拔除情节、剪断因果的风格手段中脱出。倘若大胆假设他有什么仿习的对象的话，我会想到李永平的《吉陵春秋》。

然而李永平的东马雨林中还有生意盎然、元气淋漓的人物，至于哲生的烧水沟则不然，请容我借用《密封的罐子》来解释。

《密封的罐子》叙述了一对从师专毕业的男女，于毕业旅行时来到一座偏僻的小镇山城，发现一座荒废的日式木屋。他们住下来，在山城的小学教书，清静度日。山居三年左右的一个元宵节，他们受到邻家小孩提灯游行的鼓舞，也做了铁罐灯笼，到山里游行了半夜，"他们像两只迷路的萤火虫在黑夜里寻觅那群小孩子，直到点完了所有的蜡烛，都没有找到。"就在那天晚上，始终未曾怀孕的妻子固执地失眠了，她提议玩了一个游戏：各自写下一句最想告诉对方的话，装在一个玻璃罐子里，埋在土中，"过二十年之后才可以挖出来，看看对方写了什么。"

不幸的是，妻子在婚后七年过世。又过了一年，他想起了那个游戏——游戏当时，他投入密封的罐子里的只是一张空白的纸片，而早逝的妻子不知道吗？哲生如此写道：

月光下，他举起那个密封罐子，光线穿过玻璃。他看见罐子里只剩下一张纸片，还未打开盖子，他便已经猜到了：剩下来的必定是他当年投入的那张空白纸片。

他知道，在埋完罐子之后，妻必定曾经背着他挖出罐子，取出纸片来看。当妻发现他投入的只是一张空白纸片时，就把她自己的那张给收走了。

这不只是一个在爱情关系中因失望愤懑而激动的情绪，丈夫明白了这一切之后的反应是："他笑了。"

这是一篇温馨而恐怖的小品。哲生利用一次"及时的亡故"解决了一个妻子终身漫长的失落和痛苦，丈夫的爱与温柔，具现在那笑意之中——

游戏结束了，或者说，才刚刚开始就结束了。他想起了那个不太遥远的元宵节深夜，在回家的路上，妻仍旧焦急地提着火光微弱的灯笼，想要寻找那一群邻家的小孩。当时，他走在妻的背后，看见她拖在身后的黑影在山路上孤单地颤抖着……

现在回想起来，早在那个提灯的夜晚，妻便已经离他而去了。

对于哲生来说："烧水沟系列"应该就是那山间小路上照亮些微夜色的灯笼。由于步履不稳而看似孤单颤抖的背影，或可能是出于生与死的渴望都过于纠结，他在哭与笑之间徘徊，落得啼笑皆非。

毕竟，后来他还是像《父亲的轮廓》里那个逃家的父亲一样，决定离开了，生命看来自有其庄严的出口，不须要烧水沟的闹剧了。

自序 语言安静下来的时候

说来令人难以相信（我自己也是过了很久才相信），真的有秀才这个人。

说实在的，秀才并不能算是个人，而神、鬼我都没有见过，所以，真不知道秀才到底是什么东西。每隔很长一段时间，我才撞见他一次：当四下全然枯寂而甜美的时候，当玻璃窗上的雨水不再蛇行游动的时候，当保龄球撞倒球瓶却未发出声响的时候……在这些偶然的时刻里，秀才便会用他怪诞的手语向我说话。

总而言之，当我也不是人的时候。

"烧水沟"是我外公黄水木和外婆林金莺的故乡（他们现在一起安息在林口的茶山丘陵上），二次大战跑空袭警报的时候，我的外公黄水木自作聪明地跑去躲藏在烧水沟旁的芒草丛里，一抬起头来便可以看到天上的飞机，没想到，飞机也看到了他；一颗炸弹落在附近，霎时红光满天、水花四溅，仿佛滚烫的夕阳从天上摔了下来。彼时，我的外公黄水木窝在芒草堆里，心里直想着，待会儿警报解除之后，他就可以抢第一个去捡拾炸弹的碎片来磨成小刀了。

我的外公黄水木是个颇有创意的人，嵌在墓碑上的那张瓷像他是半侧着脸的，圆乎乎的下巴微微上扬，一副开心的模样，看起来很像圣诞老人麦粉包装盒上的广告画。

这张瓷像总是勾起我心中无限的回忆。我记得，我曾经用红色的蜡笔来画外公的剃头店，结果被修理了一顿，因为外公认为只有火烧厝的时候房子才是红色的。走在马路上的时候，外公会固执地要求我把脚抬高，这样鞋底比较不会磨到地面，可以穿得久一点，然后，我便不得不用一种十分怪异的姿势来走路，一边走，外公还不断地提醒我注意看路边是否有银角仔[1]可以捡，不要白白浪费了视力在别的东西上。一直到晚年的时候，我的外公黄水木闲来没事时还会跑到大桥上散步，他说桥上风大，骑摩托车的人头上的帽子经常会被风吹掉，然后，他就像在摸蚋仔似的捡了一顶又一顶的帽子回家，堆在墙角，塞进抽屉里。

在这一方面，我的外婆林金莺也不遑多让。邻居的夫妻在吵架，男的把女的刚从市场买回来的一叠瓷碗砸到路上，眼看就要大打出手了，外婆眼尖，发现其中还有一个完好无缺的，生怕被别人捡走了，于是便硬生生上前打断那一来一往的辱骂声，理直气壮地问那碗是否不要了？可不可以送给她？

我的外公和外婆生前较量了一辈子，连在世的时间都相差无几，谁也别想占便宜。

现在回想起来，有一事依然令我大惑不解。在我上小学的时候，某一个周末下午，外公突然跟母亲说要带我进城里去看马戏表演（那可不便宜！），于是便领着我，坐了很久的公车前去。到了马戏团的大帐篷外面，外公只买了一张儿童票，就叫我自己进去看，他在外边等我，并且约好了散场之后在某处相等。怪的是，现在回想起来，我完全不记得那天表演的内容，连负责表演的是哪一国人我都完全没有印象了。那个大帐篷变成了一个圆球形的真空管，甚至当时是否感到寂寞都不记得了。

帐篷里面安安静静的，长长的荡索下方是一张巨大而黯然的网子。

那帐篷总是令我想起黄昏的烧水沟，所有来洗澡的人都走光了，只留下我一个人；我走进帐篷里，潜进烧水沟底，像是一个没有观众的魔术师把手探进高筒帽里去，然后揪出一只鸽子、一串手帕、一只兔子、一只金鱼缸、一根拐杖，愈扯愈多……然后是空[2]秀才仔、火炎仔、武雄、阿川伯公、空茂央仔、乞食清仔、耶和华……

这些人物像是一堆被打翻在地上的积木，一个个沉默不语地袖手旁观着。

一直等了很久，直到我也不动声色地安静下来之后，才有一些微弱细碎的耳语开始轻轻传来。

我连忙取笔把它们给抄了下来。

秀才的手表

秀才失败的原因就在：他以为这个世界就像黄历上记载的一样，是按照精确的时间在进行着的。但这是戴上手表的人才有的想法，像我阿公、阿妈，还有武雄他们就不这么认为。说实在的，谁知道下一分钟会发生什么事情呢？

小时候,最令我怀念的,就是陪秀才去寄信的那一段时光。

每当秀才写好一封信的时候,总不会忘了找我一起去寄;如果我正在庙埕³那边和武雄他们打干乐⁴的话,秀才就会骑着他的大铁马咿咿歪歪地在大路当中绕圈子,直到我稳稳地抓住车后的铁架子,像只青蛙似的弹上车尾之后,秀才便会像一头干巴巴的水牛那样拱起背脊,死命地踩着踏板,往邮局的方向狂奔而去。

秀才之所以这样拚命赶路是有原因的,他要赶在邮差出现之前把信投进邮筒里去。在我们烧水沟这个地方，秀才可是少数几个戴了手表的人。那是一只铁力士的自动表，秀才没事便举起手来甩两下，然后把手腕挪近耳朵旁边倾听那滴滴答答的声音。这是秀才告诉我的，自动表里面有一个心脏，需要人不时地刺激它一下，否则便会停止跳动死翘翘了。

我敢发誓，在整个烧水沟，只有我一个人摸过秀才的手表。秀才所以会放心地让我戴他的手表，原因就在于我对手表一点好感都没有。有一次，武雄趁秀才在树下打瞌睡的时候，用树枝去勾他的表链，结果秀才像疯了似的追着他跑。那一幕情景令我印象深刻，因为我从来没有看过一个能够跑得比狗还快的小孩。

每次去寄信，我和秀才就会比赛谁能正确地猜中邮差出现的时间，当然，每次都是我赢，所以秀才便百思不解地、一次又一次地找我去寄信。秀才熟知邮差收信的时间，而且他还有铁力士，按照他的说法，那只"铁力克士"手表应该会为他赢得比赛才是。但是，秀才始终不知道，我可是靠我的耳朵赢他的。秀才失败的原因就在：他以为这个世界就像黄历上记载的一样，是按照精确的时间在进行着的。但这是戴上手表的人才有的想法，像我阿公、阿妈，还有武雄他们就不这么认为。说实在的，谁知道下一分钟会发生什么事情呢？

我从来没有把我的想法告诉秀才。一方面，因为他是长辈的关系；另一方面，只要秀才继续充满迷惑地输给我，我就有吃不完的金柑仔糖和鸟梨仔，何必多费唇舌呢？其实，邮差也是一个少数戴了手表且又守时的好人，可是，他总不可能那样准时地于某时某分某秒便出现在邮筒旁吧？我能够准确地猜中邮差出现的时间，那是因为我真真实实地"听"见他来了。

邮差和秀才一样，骑着一台破旧的大铁马，因为他一直懒得为它上点油，所以骑起来链条吱嘎吱嘎的，辨认起来一点也不困难。

从小我的听力就很好，虽然还称不上顺风耳，不过，即使隔了好几条大路，一旦有任何异状，我马上就能和凉亭仔脚⁵的那只癞皮狗同时竖起耳朵来，用一种专注而负责的态度向远方"听"去。不是我在臭盖⁶，这个本事，连阿公都很佩服我。还在上幼稚园之前，我便已通过了连番严格的考验。只要远远地从大路的尽头出现了一阵灰灰的人影，我一"听"就知道是办丧事的，或是办喜事的，而且屡试不爽。

这都是阿进仔的功劳。

阿进仔是卖粉圆冰的，推着一台双轮小板车，两个大铁筒，一头放粉圆，一头放碎冰，车头杆上吊着一只小铜铃，走起来叮叮地响，清脆的铃声里还混杂了陶碗、铁匙相互碰撞、挤压的颤抖声，那声音真是哗哗地激人嘴馋。不是我在吹牛，在那个年头的炎炎夏日里，阿进仔在烧水沟可是比七爷、八爷还要神气的家伙。

而我总是整条街第一个发现阿进仔的小孩。

"阿公，我要吃粉圆冰。"

"囝仔⁷人有耳没嘴，知唔？"

阿公斜睨着我，将手上那把锋利的剃刀自客人沾满白色泡沫的下巴移开,然后在一条黑油油的皮革上霍霍地刮了两下。

"阿妈,我要吃阿进仔的粉圆冰。"

"憨孙仔哟,哪有粉圆冰啦?"

阿妈坐在光线明亮的凉亭仔脚,一边对我说话,一边还拣着手上的四季豆,可是她没有发现,癞皮狗姆达已经高高地竖起它那一双毛茸茸的烂耳朵了。

正当阿妈还在疑惑的时候,阿进仔的铃声已缓缓地逼近,而我幼小的心灵里,也立刻浮现了一幅即将一再重演的景象:当我端着一碗甜滋滋、香QQ又透心凉的粉圆冰,坐在角落里的小板凳上独享时,阿公必定会从工作当中抽空回过头来,不屑地露出一副想要掩藏食欲的表情,与我四目相对。就在我圈起手臂来保护我的粉圆冰时,阿公总是吐出那一百零一句的评语:

"吃乎死卡赢死无吃[8]!"

其实听力好又不是我的错,就像秀才老是输掉比赛也不能怪我的道理是一样的。

倚赖手表的人听力怎么会好得起来呢？

有几点我始终弄不清楚的是：秀才是谁？他住在哪里？家里还有什么人？他的钱从哪里来？为什么大家都叫他秀才？还有，为什么在这么多小孩之中，秀才偏偏挑中了我？

或许在秀才眼中，我也一样只是一堆问号而已。不过，有一点我很确定的是，秀才不一定和大人们口中所说的一样，是个成天游荡、不事生产的废人。套句阿公常常用来批评我的话，这种人只是"放鸡屎的"。意思就是说，别指望我们这种人会下鸡蛋了。

我觉得在这种恶毒的批评之中，带有很浓厚的嫉妒成分。

这种话用来教示我还勉强可以通过，用在秀才身上就太刻薄了点。

秀才可是生活得很认真的人，在烧水沟，像他这个年纪（三十？四十？或者五十？）就戴上了手表，又努力工作的人可是没几个。我说秀才工作认真可是有凭有据的，人家每隔几天就用毛笔写一封信，厚厚的一封哩！虽然我不知道信里面和信封上写的是什么（因为那时候我还不识字），可是我的眼力也是很不错的，至少我看得出来秀才的字写得很用力，也很漂亮，比阿公请算命仙仔写在价目表上的字要强得多了。

可是偏偏邮差（另外一个工作认真的人）却说，秀才不贴邮票也就算了，那些信封上的地址根本就是秀才自己发明的。"全台湾岛根本就无这个所在"，每当邮差把厚厚一叠信退还给守候在邮筒旁的秀才时，便会重复这一句话。这个时候，秀才总是低头沉默不语，把信交给我拿着，然后载我到水窟仔那边去，拿糖果给我吃。

水窟仔是位于糖厂后方铁枝路边的一个废鱼塭，四周长满了高大的芒草，从外边看不见里面原来是一个大水塘。到了水窟仔那边，秀才把铁马沿着铁枝路旁的碎石坡堆下去，然后用力扛起铁马，带着我从芒草丛的缺口钻进去，再把我们藏在鱼塭旁边的两枝竹钓竿取出来。这个时候，我就用那个捡来的凤梨罐头，从一处松软的泥土里掏挖出几条孔武有力的蚯蚓来，准备一边吃糖果，一边钓青蛙。

不是我在吹牛，钓青蛙我就比秀才厉害得多了；这样说，也不太精确，这种成绩是很难比较的，因为秀才从来就没有钓到半只青蛙过，连一次也没有。糖果也是被我一个人吃光光的。

我最记得是，不论春夏秋冬，秀才总是穿着全套的、厚厚的大西装，坐在水塘边的一块大石头上，呆呆地拿着一枝绑了蚯蚓的竹钓竿去"喂"青蛙。那种蠢方法，钓不上青蛙是应该的，可是一年四季都穿着那套又黑又臭的大西装就不太应该了。我猜那套衣服是秀才他阿爸结婚那天穿的，因为我阿公也有相同的一套，而且也是从来不洗（至少我没有看他洗过），不过，每年只有过农历春节的那几天才看他穿一下。像秀才这种穿法就不太像话了，在这一点上，他可就没什么时间观念了，不像是一个手上戴了手表的人该做的事。然而，这种穿法也有好处，冬天防风，夏天防蚊子，而且永远不必买衣服。

钓上来的青蛙，我都会用一大截从水面捞起的湿草茎，细细地缠绕住蛙腿，绑成一串提回家，送给阿公、阿妈当礼物。阿妈总是担心我的安全，叫我"下次少钓一点"，她怕我万一淹死了，就没办法跟我老爸、老妈交代了。阿公就比较过分了，最爱喝青蛙汤的是他，不停地骂人的也是他。他总是命令我以后不准再跟"空秀才仔"鬼混，并且警告我，下次再去钓青蛙的话，要把我的脚骨打断（就像他对付那些青蛙一样）。

这种忘恩负义的口气让我非常不满，天下岂有白吃的青蛙？这般的情绪积压久了，一旦时机成熟的时候，我怎么会舍得放弃可以小小教示他一下的机会呢？

这一天，机会终于来了。

虽然阿公时常把"生死由命，富贵在天"这句话挂在嘴边，不过，每年他还是忍不住会去仙仔那里算一次命。往常都是在农历年底的时候，当所有的顾客都已经来剃过头、刮过胡子，耳朵也掏干净了之后，阿公便会若有所失地从抽屉里抓出几张钞票，往大树公那儿走去。虽然我待在家里照常能够清清楚楚地听见他们说了什么（大树公才多远？也不过隔一两百公尺罢了），不过我还是希望跟阿公一起去看看那只小白文鸟咬纸签的绝活，我只是想要在一旁轻轻摸一下小鸟的翅膀而已。那年，阿公去得特别早（生意不好？），他不让我跟。我心想，不跟就不跟，命不好还怕人家知道？烧水沟有几个好命的？去到那里，仙仔还不是那句老话："我讲啊，时也，运也，命也。做一天的牛，就拖一天的犁，一枝草就啊有一点露[9]也。好业是果，前世是因，龙配龙，凤配凤，歪嘴鸡是不免[10]想要吃好米[11]啊——"我就恨自己的下巴没有一撮白色的山羊胡子，要不然，做个囝仔仙[12]来过过瘾也不坏。

不过，那年算命的结果却不一样，他们说话的内容，我和癞皮狗姆达都听见了。

"旧历十一月十九日和廿九日会有大地动，当中一次会把台湾岛震甲裂做两半……"

"可怜哦，不知是顶港或是下港会沉落去海底哦，唉！鸡仔鸭仔死甲无半只哦，侥幸哦……"

就在算命仙仔"唉哦、唉哦"的叹息声中,我听到阿公默默地起身,轻轻靠上长板凳,拍拍他的大肚子,踏着沉重的脚步往回走来。

仙仔这几句全新的台词可是天助我也。我喜滋滋地搬出高脚凳和小板凳,取出图画纸和一盒蜡笔,坐在凉亭仔脚画起画来。在我画画的时候,姆达很乖巧地坐在一旁吐舌头,好像在为我的计划高兴着。"侥幸哦——侥幸哦——"我一边拿起一枝蜡笔来涂涂抹抹,一边还忍不住在心中模仿仙仔说话的语气。阿公沉重的脚步声愈来愈大,好像也在为我加油似的。

"猴死囝仔[13]在创啥[14]?"

"没啊,人在画尪仔[15]啊!"

"这是啥?"

"厝啊。"

"厝哪会是红色的?"

"没啊,火烧厝啊。"

"没待没志[16],哪会火烧厝?"

"啊就地动啊，灶脚[17]就火烧啊！"

"啊这些搁是啥？"

"人啊。"

"人哪会拢总[18]跑出来？"

"跑命啊！"

"你黑白讲[19]、乱乱画，谁甲你讲会地动？"

"没啊，画好玩的啊！"

"画什么死人骨头，画符仔仙你，啊这是叼位[20]，顶港还是下港？"

"我哪会知啦，黑白画的啊！"

就在阿公气急败坏地没收了我所有的蜡笔，并且把我的"杰作"撕成七七四十九片的时候，我终于首次尝到了当算命仙的美妙滋味了。

那天吃晚饭的时候，阿公满面严肃地宣布了一个重大的决定：他要买一只手表。

这个决定，立刻遭到了阿妈的强烈反对，她说，这一年辛辛苦苦存下来的钱是要拿来买大同电锅的，况且，一个剃头的师傅根本就用不到手表,而一台大同电锅却可以用上好几十年都不会坏呢!

"你七月半的鸭子不知死活[21]。"听到阿妈说大同电锅可以用"好几十年"的时候,阿公终于忍不住光火[22]了起来。

"你才是老番颠[23]咧!"阿妈的语气,充分表达了她对电锅的喜爱。

"啪"的一声,阿公把竹筷子往桌上用力一按,"你查某人[24]是知啥米,你是要我打乎人看是唔,你——"说到这里,阿公怒气未平地朝我瞪了一眼,似乎是怕我听见或是看见了什么事,一副天机不可泄漏的模样。

"买电锅卡好啦,阿妈要电锅,我嘛要电锅,你又不是空秀才仔,要手表要创啥?"

听到我说"空秀才仔",阿公的脸色看起来和猪肝非常接近,我知道我的计划肯定会成功了。

"驶伊娘仔,空秀才仔都有手表,是按怎[25]我不行有?你爸就是要买手表啦,阿无恁[26]是要按怎?"

隔天,阿公到菜市仔口的钟表行买了一只精工牌的自动表,那是他生命中的第一只手表,在他的想法里,那也可能是他的最后一只手表了。

　　自从戴上手表,阿公的内心似乎平静了不少,虽然他每天的作息还是一模一样,生意也没有好起来,但是手表却是那样活生生地让他安心着。他不时地举起来瞧瞧时间,那支细细的秒针慢吞吞地走着,老半天才绕一圈,绕个六十圈也才一小时。时间变慢了,阿公似乎得到了安慰,他闲来无事时便会用手掌轻轻地抚摩着晶亮的表面,好像交到了一个知心的好朋友。

　　这是暴风雨前的宁静,我知道。这场计划终归是我赢,我在心里算计着,旧历十一月十九迟早要来的,到时候,那只全新的精工牌手表就会像一条大水蛭似的令人憎恶不已。也就是说,阿公早晚会发现到,只要一戴上手表,他就注定和秀才一样,只能呆呆地守候在大邮筒旁,感慨这个世界实在太不准时了。

　　当然,像秀才这种人是不会停止写信的,这就是我知道我一定会赢的最大原因。接下来的日子，我照常地吃我的金柑仔糖，钓我的青蛙，打我的干乐，日子一时还没有太大的改变。倒是隔壁武雄家有一些不同了。自从阿公买了手表之后，武雄他老爸火炎仔也吵着要买一只，为了这事，火炎仔打了他老婆丽霞仔好几回，不过丽霞仔体力好，韧性强，所以火炎仔的手表始终没买成。

每个人的身体里面原本就有一只手表，这是我从火炎仔身上验证得到的道理。自从火炎仔确定他买不成手表之后，只要阿公的剃头店门开着的时候，每隔一小时，火炎仔便会从他做红龟粿的工作中抽身，走到店门外的凉亭仔脚张望着。这时候，先是姆达竖起了耳朵，然后便会听到火炎仔用他粗大的嗓门对阿公叫嚷着：

"水木仔，现在两点对呣？"

"水木仔，三点到了未？"

"四点了是呣？"

"五点对呣？"

火炎仔出现的时间是如此地准确，阿公也只有看一眼手表，然后点点头的份儿了。阿公点完头后，火炎仔便会露出一抹诡异的笑容，然后欣然地返回他的工作岗位，接着才是姆达满意地垂下它的那双烂耳朵，继续打盹儿。

　　头几天，这样的猜时间游戏还有点趣味，可是再来就不这么好玩了。对于火炎仔这种贪小便宜，近乎不劳而获的行为，阿公渐渐地不耐烦了起来。

　　"水木仔，现在六点正对不对？"

　　"你哭爸[27]啊！"

　　"火炎仔，里面坐啦！"对于阿公这种态度，阿妈感到非常失礼。

　　"免啦，免啦，问一下时间而已。"火炎仔仍旧带着那抹笑脸返回家去。

　　由于阿公的不友善态度，火炎仔变得收敛了些。他改成每两个小时才来探头探脑一次，还是一样地准确无误。

　　"水木仔，十点是唔？"

　　"不知啦。"

　　"十二点到了对唔？"

"看衰[28]啊!"

…………

阿妈认为阿公是吃老愈番颠了,我可不这么认为。我知道,十一月十九已经愈来愈接近了。

十一月十六那一天,我和秀才正在水窟仔钓青蛙,一只大青蛙咬住蚯蚓,我正要提钓竿时,突然,地动了——

先是水面轻轻地荡了一下,接着是猛烈地摇摆,握在手上的钓竿,好像水面上的蜻蜓那样横冲直撞起来。

我匆忙甩掉钓竿,趴倒在地上,对大石头上仍然傻愣愣的秀才大叫:

"秀才,地动了,快走!"

我永远忘不了秀才当时的样子。他躲在他的大西装里,身体瑟缩着,双手依旧直挺挺地死命握着钓竿,一脸茫然……

地动过去之后,秀才全身依然发抖不止,我只好帮他把铁马推到大庙埕那儿去放。我拿糖给秀才,他不吃;叫他回家,他也没有反应。后来,还是邮差刚好骑着铁马经过大庙口，秀才的眼睛一亮，才回过神来。见邮差经过，这一惊非同小可，秀才立刻跨骑上他的铁马，不等我跳上车架，便嘎吱嘎吱地往邮筒那儿狂奔而去。我想，可能是他口袋里还有一封要寄的信吧；我本来想跟上去看看的，可是武雄正好奉命前来叫我回家了。

接下来的两天，旧历十一月十七、十八也是一样的情形，接连三天地震，可把大家都吓着了。

阿公一径地摩擦着他的手表，擦得表面、表链都油光满面了，终于，他下定决心要把算命仙仔说的话告诉阿妈了。

十八那天晚上，我在我的小房间里，听到阿公和阿妈房里传来窸窸窣窣收行李的声音和低沉的交谈。

"不行了，要快送回去，下港要沉落去了。"

"你不通²⁹黑白想啦，仙仔的话舣³⁰准啦，又不是不曾地动过。"

"恁查某人知影啥？待志严重啊恁甘知？"

"由在您讲啦，你欢喜就好啦！"

"卡早困[31]啦,明早天光我就坐火车带他回去。"

"按疕[32]也好啦,唉!"

阿妈这一声"唉",倒着实令我发慌了起来。没想到,最后我倒成受害者了。想到隔天就要告别烧水沟了,我的心情顿时哀伤起来,这时候,如果癞皮狗姆达再吹上几声狗螺的话,我一定会孤单地流下泪来的。武雄欠我的三颗干乐怎么还我?没有了我,谁陪秀才去寄信呢?谁来钓青蛙给阿公、阿妈呢?到了明年夏天,我就听不到阿进仔卖粉圆冰的叮叮声了……

虽然我并没有戴手表,但是,该来的还是要来的。十九日透早[33],吃过阿妈的地瓜稀饭配菜脯,我和阿公一人提了一个花布包袱,往火车站的方向走去。我们出门的时候,阿妈和姆达在凉亭仔脚上目送我们离去,在阿公的催促下,我只能回过头去跟他们挥了两次手。

熹微的日头从烧水沟那边照过来,我和阿公一大一小的身影淡淡地投映在大路上,好像一支分针和一支时针被联结在一起慢慢地走动着。

对于画图的恶作剧，我开始感到懊悔了。

我们沿着大路走，穿过一大片甘蔗园，再顺着铁枝路往糖厂的方向走去。阿公叫我要注意有没有火车开过来，还郑重地警告我，待会儿坐上火车，不准吵着要买牛奶糖或是茶叶蛋。我觉得这样很不公平，为什么阿公就可以在火车上要一杯热茶，而且下车时还把杯子收到包袱巾里面去？

我说要放尿，阿公一直看他的手表，频频地催促我：

"卡紧[34]咧啦，猴死囝仔，慢牛多屎尿！"

其实我也不是故意的，可是阿公愈看表，我的尿就愈多，到了后来，阿公自己也想尿了。

"闪卡边[35]一点儿知唔？注意看有火车无。"说完这句话，阿公放下手上的包袱，往铁道旁的芒草丛里钻进去，接着就只听到芒草茎相互摩擦发出窸窸窣窣的声音，声音一直往里面游走过去，然后在一处较稀疏的地方静止了下来。

"注意看火车，知唔，我要放屎。"直到阿公隔空说完这句话,四周才真的安静下来。

天空清洁溜溜的,连一朵云都没有,只有一只老鹰在不远处的上方兀自盘旋着。我往铁轨延伸的方向望去,两条直直的黑线在远方交会成一个尖尖的小点,什么鬼影子也没有。

火车不会准时开出来的,这我早就知道了。即使全烧水沟的人都戴上手表了,火车还是火车,邮差还是邮差,当然,我也还是我。要知道火车到底来了没有,还是要用"听"的才准。

我拎着我的花布包袱,站到铁轨中间的枕木上,蹲下来把耳朵贴在铁轨上。除了闻到石块间隐隐发出的铁锈、鸟粪和干草的味道之外,一点动静也没有。

我随手捡起一把小石块,往阿公的方向掷去。

"猴死囝仔,你讨皮痛[36]是唔?"

"不是我啦!"我把手掌圈在嘴边,大声对草丛吼去。

"不是你,要不甘是鬼是吗?"

"不是我啦,是空秀才仔啦!"

"你甲我骗猎仔³⁷,等一下你就知死³⁸!"

太阳又升高了一些,路旁的芒草也愈来愈密集。我们继续沿着铁枝路走去,再转个小弯,经过一个小平交道,就到水窟仔了。

火车依旧没有来。

一阵灰灰的人影出现在前方,他们聚集在铁道上。

"出待志了,走卡紧咧!"阿公又望了一眼手表,催促我加快脚步。

"在水窟仔那儿!"我伸长了脖子说。

火车稳稳地停在铁轨上。好几个派出所的员警聚在火车前方,他们交头接耳地说着话,我清清楚楚地听到其中一个人讲说:

"这个空秀才仔!"

我和阿公一起看见了秀才的大铁马歪歪扭扭地倒在铁道边的斜坡上,而秀才则在另一头,他的身上盖了一张大草席,只露出半截手臂在外面。

他们把邮差也找来了。邮差说,昨天他告诉秀才,邮局的信都是用火车一布袋一布袋地载走的，秀才听了很欢喜，就说他要自己去寄他的信。

秀才的信是用一个大饲料袋装着的，袋子大概被撞得飞到半空中才掉下来，信飘落了一地，像是一大落长方形的厚纸板，铺撒在铁道旁的一排小黄花上。

阿公不让我靠近秀才。

我猜，秀才一定是大清早便在水窟仔这儿守候火车的，就在他久久等不到火车，而把铁马牵到铁枝路上往回走的时候，火车来了。我想，或许秀才死前的最后一刻，正好举起他的手腕在看时间也说不定。

我从来没有告诉过阿公，我们是在相同的那一年，各自拥有了属于自己的手表。

那天，就在他们围在一起讨论秀才的死因时，我在靠近水窟仔的秘密入口处捡到了秀才的手表。我知道秀才是要把这只表送给我的，要不然他不会把他的手从草席底下伸出来。

我并没有戴那只手表。我也没有告诉他们，秀才就是因为戴了手表，所以才会听力不好的。

并不是我不想告诉他们，而是他们不会相信我的。

我从来不知道秀才的信里面到底写了些什么，我也不知道秀才是谁？住在哪里？又为什么在这么多小孩之中，偏偏选中了我。

那天和阿公依照原路走回家之后，我就把秀才的手表藏在床板下面的一个夹层里。

奇怪的是，从此以后我的听力变得不如从前了。有的时候，睡到半夜，我会梦见秀才被火车追撞的那一刻，"轰"的一声把我从噩梦之中惊醒，然后我的耳畔便会一直嗡嗡地响起那句话来：

"这个空秀才仔！"

在这个时候，我便会挪开床单，掀起一块床板，取出秀才的手表来摇一摇，再贴近耳朵听那"滴答滴答"的声音。

秀才说得没错，每一只手表里面都有一个心脏，需要人不时地刺激它一下，否则便会停止跳动死翘翘了。

偶尔,我还会一个人独自回到水窟仔那边钓青蛙。当我孤单地握着一枝钓竿,等待青蛙上钩的时刻,四周更显得一片死寂。在那种全然安静无声的下午时光里,有时竟会让我误以为自己早已经丧失了听觉。

我很怀念小时候陪秀才去寄信的那一段时光,如果可能的话,我很想亲自告诉他,其实,我们每个人的身体里面本来就有一只手表,只要让自己安静下来,就可以清楚地听见那些"滴答滴答"的声音正毫不迟疑地向前狂奔着。

第22届台湾"时报文学奖"短篇小说首奖,1999年

天顶的父

羊群无声地来了,又走了,外省的也一样。

无声也有无声的好处呢。自从我和武雄一样学会开口说话之后,烧水沟便再也不是从前的模样了。

乞丐

一直等到学习九九乘法表的那一年,我才正式成为一名乞丐的。现在回想起来,那般的好运气,可不是经常会有的哪!

在我们那个地方,要想当一个抬头挺胸的乞丐,可得经过空茂央仔同意才行。

没错,空茂央仔就是如假包换的乞丐头子、丐帮帮主。按照派出所所长虎尾李仔的说法,空茂央仔已经达到做乞丐的最高境界了。一般在大街小巷穿梭的乞丐,除了人手一枝打狗棒之外，肩上必定还斜挂着大包小包的麻布袋、帆布袋、花布袋、农药袋等等；空茂央仔可不一样，除了同样蓬首垢面、长发披肩、打赤脚之外，空茂央仔不拿打狗棒（因为所有的狗都不敢露出牙齿对他狂吠），而且身上连一个口袋也没有。一年到头，不分春夏秋冬，空茂央仔永远穿着一套灰鸦鸦的（原来是白色的？）柔道服，听说那是台湾光复之后，一个日本柔道高手送给他的。若说空茂央仔身上连一个口袋也没有，倒也未必正确。虎尾李仔就信誓旦旦地说，他曾经亲眼看见空茂央仔把人家养在院子里的大火鸡活生生地扭断脖子，塞进他上衣的斜襟开口里，"一下手，好亲像[39]桌上拿柑按迌清洁溜溜，好势好势[40]，按迌达到炉火纯青的地步……这个空茂央仔……"即使身为派出所所长，虎尾李仔在说到"空"茂央仔的时候，还免不了疑神疑鬼地看看前后左右，因为，整个烧水沟镇上，除了我的外公黄水木之外，还没有第二个人敢在空茂央仔面前加上那个"空"字的。

每次一说到这件事，阿公就显出很得意的样子。空茂央仔的本名是林茂央,除了我阿公之外,上一次有人在他面前叫他"空"茂央仔,已经是不知道昭和多少年的事情了;而那个勇敢的人早在二十年前就已经捡过骨了哪!即使是武雄那个疯狗一般的阿爸火炎仔遇上空茂央仔的时候,也得敬他三分啊!

可我的外公黄水木却不吃这一套,不管在人前或人后(特别是在人前),他偏偏要咬牙切齿地加重那个"空"字,好展现他的与众不同之处。火炎仔曾经说过,光凭这点气魄,我阿公黄水木就可以当个烧水沟镇长而绰绰有余了。

空茂央仔是我阿公的继父的养子,比阿公小六岁。

阿公说,彼年他才十三岁,他亲生阿爸生皮蛇死翘翘了(每当说到这里时,阿公必定会伸出他的食指来勾两下),于是他阿母就带着他改嫁给猪哥窟的一个姓林的打铁匠,"但是啊,就亲像孔子爷嘛有讲过,大丈夫行不改名、坐不改姓,恁爸[41]我是吭在信阮后叔[42]啥米碗糕[43]啦——人讲靠别人要死,靠自己是了不起,找甲阮老母讨三角银，自己就包袱仔款款⁴⁴跑出去学剃头啊，放阮老母佮两个小妹去跟伊姓林的。到尾仔⁴⁵，姓林的没生查甫⁴⁶的，才分空茂央仔来做客子……按迌知唔？"

"知啦！"我说。

"阮老爸姓啥？"

"姓黄。"

"阮老母姓啥？"

"不知。"

"姓张，知唔？"

"知啦。"

"空茂央仔姓啥？"

"姓空。"

"黑白讲，你乱乱讲，空茂央仔姓林，林本源的林，知唔？外省的你——"

"知啦。"

每当阿公说到"外省的"这三个字的时候，不知道为什么，我的脑海里就会很自然地浮现三张面孔：空茂央仔、我老爸,还有头上有一圈光环的耶稣。

那时候,我以为"外省的"的意思是指那些看起来和大家都不一样的人。

空茂央仔和别人最不一样的地方就是:他的生活实在过得太舒适了。关于这一点,我阿公很不以为然,在他的眼中,空茂央仔这种人只是专门"吃饭出放屎,制造肥料"的没路用[47]脚数[48]而已。

当然,我对阿公的看法也很不以为然。空茂央仔只是比别人更幸运一点点(他总是遇到一些好事),还有,更聪明一点点罢了(当他遇到坏事的时候,就想办法把它变成好事)。

况且,空茂央仔也不是成天游手好闲、不事生产的人;他的正业是管理一大群乞丐,副业是摸蚋仔,跟阿公比起来,可是毫不逊色哩!

这一大群天上掉下来的乞丐,正是空茂央仔最令人羡慕的好运气之一。

不知道从昭和多少年开始,空茂央仔的乞食寮就早已经在我们烧水沟站稳脚步了。那一年，空茂央仔只身独马搬进鬼影幢幢的林家古厝时，年方十九岁。逢"九"大凶，彼时，大家都认为空茂央仔这是在给自己看风水，为众人省麻烦了；没想到，那鬼地方硬是被空茂央仔给住得风调雨顺起来。最明显的好处是，从此，烧水沟的人全都不怕鬼了。"鬼有啥么好惊？鬼惊人，人呒惊鬼。人惊人才是惊死人，知唔？"每当走暗路的时候，阿公总是这么告诫我，"目睭金金[49]看头前[50]，鬼就不敢出来作怪，知唔？"因为空茂央仔的缘故，所有在烧水沟长大的小朋友，就这样不知不觉地养成了抬头挺胸、面对黑暗的好习惯。

空茂央仔占下林家古厝的第二年，手下就多了七八个勤劳又懂事的帮手，这些人除了成天挨家走户地乞食之外，还四处帮人淘粪坑、收甘蔗或是割稻谷，偶尔也会带回人家走失的鸡鸭或小孩；这种时候，他们便可以额外地分到一整块的油葱粿，或是几件旧衣服。

到了我开始背书包上小学的那一年，空茂央仔的徒子徒孙已经数不清有多少了。据说是比糖厂的员工还多一点点，谁也算不准，搞不好连空茂央仔自己都弄不清楚也说不定。反正，林家古厝是早就住不下了，大部分的乞丐都在外流浪，四处为家，每隔几天，他们就必定会回到空茂央仔那里，把身上所有袋子里的东西全都倒在地上，待空茂央仔拣选分配完毕之后，剩下来的才归他们自己。

对了，空茂央仔还拣过两个老婆，一个是猞腰仔，矮矮黑黑干干的，成天戴着一顶斗笠，穿一件红色大外套，手上拎着一长串橡皮筋甩来甩去的；另一个是哑巴芬仔，长发及膝，脸歪歪的像把镰刀，见到人就不时嗯嗯呀呀地傻笑，露出满嘴生锈的蛀牙。哑巴芬仔的脾气很好，是个笑面神，不论问她什么，她都是嗯嗯呀呀地笑个不停，特别是问她"哑巴芬仔，你要生囝仔呣？"的时候，她便笑得特别厉害。发明这个问题的正是我那青猴来投胎转世的好朋友武雄，有一次，他用同样的问题去问我们班的班长黄凤娇，黄凤娇整整哭了三又二分之一节课，武雄则被火炎仔整整修理了一点五个礼拜；火炎仔说，任何小孩子只要经过他的手，绝对可以"调整甲好势好势"。猎腰仔就不那么好惹了，任何人只要胆敢拉扯她手上的破洋娃娃一下，那么，接下来的半年之内，毅力惊人的猎腰仔都有可能偷偷跟踪在你的背后，冷不防地抽出一条橡皮筋来射你的眼珠子……在我们这一群混大庙口的小孩之中，武雄总是最先发现猎腰仔的人，因为他被偷袭的机会最大，所以早就养成了随时注意四周动静的好习惯。隔了一阵子，若是猎腰仔竟然忘记复仇的话，武雄还会若有所失地想尽办法再去扯一下破洋娃娃的金头发呢！

在我们烧水沟这个地方，大人们遇上小孩哭闹的时候，不说"老虎来咬人啊！"也懒得重讲那一大篇"桃太郎"的故事；他们只消左顾右盼，眼露惊慌地压低嗓子说声："空茂央仔来啊！"稍有灵性的小孩子便很懂事地安静下来了。久而久之，空茂央仔自然就成为我们心中的偶像了。

当然，我的阿公黄水木照例是不吃这一套的。空茂央仔是什么东西？我阿公说："空茂央仔这一世人是免想要在我水木仔面前弄拐仔花[51]啦！"

这句话也经常用在我的身上。

每当我和武雄从大庙口的两齿仔、阿祥哥，或是牛头仔手上赢来一大落尪仔标或是一裤袋金珠仔的时候，阿公就会用一种很不屑的眼光看着手舞足蹈的我们，然后撂下一句："乞食分到吃，搁会弄拐仔花[52]！"阿公说这句话，自然不是想借用空茂央仔来吓唬我们，毕竟，在阿公眼里，空茂央仔算是啥么碗糕？他只是想把我跟武雄打成空茂央仔的同类，好表达他内心的失望之情罢了。

这倒令我更加爽快起来。我和武雄就巴不得早一点从空茂央仔的手上接下一枝拐仔来耍一耍。这可不是随便说着玩的，我们连未来住宿的乞食寮都找好了哪；就在大庙埕戏台下的那个小库房，里面有几块现成的大块柳安可以拿来当床板，连露天的晾衣绳都是现成的。偏偏天不从人愿，阿公从来不曾像其他的大人那样，威胁着要把小孩子送去给空茂央仔当徒弟，也不曾用"空茂央仔来啊！"这句话来吓唬我们。我的外公黄水木可不会"助空茂央仔的威风来灭自己的志气"。空茂央仔算个什么脚数？我阿公总是当着虎尾李仔的面前轻描淡写地说，他还曾经在众人面前打过空茂央仔一个大耳光呢！

这话可是一点都不假。我的阿妈林金莺、武雄的阿爸火炎仔和阿母丽霞仔，还有里长伯、算命仙仔阿川伯公（如果他们两个能死而复生的话）都可以作证。

那一年，阿公刚娶了阿妈，空茂央仔刚死了阿爸。说到这儿，阿公特别吩咐我："彼个是空茂央仔伊老爸，呒是阮老爸。"这个情况勉强可以说是"福无双至"吧。可是真正"祸不单行"的是，彼年年尾，阿公的亲生老母也死了。接着，空茂央仔就挨耳光了。

空茂央仔的阿爸死了之后，被一群年轻力壮的乞丐装进棺材里，浩浩荡荡地抬进了林家古厝。过了七七四十九天，却不见出殡的队伍。又过了半个月，空茂央仔的乞食寮依旧安安静静，没传出半点唢呐声，这下，父老乡亲兄弟姊妹们都有点急了，于是便公推派出所所长虎尾李仔去一探究竟。

空茂央仔的回答轰动了整个烧水沟,他告诉虎尾李仔,把棺材停在房间里,这样,他阿爸就可以在太阳下山之后跟他一起出来四处走走,活动一下筋骨。

"空茂央仔按迌讲的时阵[53],那副棺材内面煞传出一阵个咳嗽声,干干涩涩个的老人嗽声,按迌闷闷啊束在棺材底,有够惊人……"虎尾李仔心有余悸地说,"我敢咒诅[54],彼当时,彼房间内只有我佮空茂央仔两个人尔尔,真正惊死人……"

"我听你在放臭屁!"每当重提这件往事的时候,阿公便对虎尾李仔火大起来,"我看你是恶人没胆,好看头尔尔,恁爸我就呒在信伊空茂央仔会飞天搁会钻地……我听你在讲干古[55],人死就死啊,搁会咳嗽、会散步?骗人在坏曾死过哦,伊是空仔,你也甲伊空作伙[56]是呣?恁爸是呒遐好拐啦,遇到我,伊空茂央仔是加讲话[57]吃扇好啦……"

果然,空茂央仔就挨耳光了。

那年年尾,阿公的亲生老母害急病死了之后,又被一大群乞丐浩浩荡荡地抬回了林家古厝，虎尾李仔派员来报，阿公闻言怒火攻心，赤手空拳蹬着木屐便要去找空茂央仔拚命。当时情况十二万分的危急，有孕在身的阿妈慌忙地跑去向隔壁的里长伯求救，里长伯冲进厨房抄起两把菜刀，临出门前交代当时还是小孩子的火炎仔去大树公那里通知算命仙仔，便领着阿妈匆匆往乞食寮奔去。彼年，里长伯和算命仙仔阿川伯公都还是健步如飞的欧里桑呢！

里长伯一行人到了林家古厝时，我的外公黄水木已经被一群乞丐给团团围住了。那个情况很像是我们的癞皮狗姆达被一大群"在地的"土狗给牢牢圈住的模样。

"空茂央仔，驶恁老爸，好胆甲我死出来，不敢拚恁爸就乎你笑狷仔。"每当说起这段惊险的往事，阿公就会像一只生气的河豚似的，全身的硬刺都鼓胀了起来，"彼时阵，我作头前，恁里长伯仔作后壁[58]，两支菜刀按迟剖来剖去亲像童乩咧；阮两个是忖死[59]甲伊拚的……算命仙仔在外面甲恁阿妈拉住，恁阿妈哀爸叫母喊甲大小声，险些死死昏昏去哟……"阿公随手抄起一把锋利的剃头刀，作势比划起来，"彼阵乞食只不过是好看头尔尔，看我甲恁里长伯仔真正掠狂[60]了，一个一个随人走甲哪飞咧……谁敢甲我挡？恁爸就甲伊点名做记号，来一个恁爸刣一个，不惊死的就偎过来试看唛……"这时候，阿公手上的剃头刀早已被他使弄得像枝七星锤似的操练起来了，"到尾仔，彼个空茂央仔还是乖乖甲我死出来了，恁里长伯仔向前甲伊押住，彼个死人面看得我真拄卵[61]，恁爸连扇一个乎伊不知影民国几年……"

就在那个时候，永远迟到，却总是会到的虎尾李仔出现了。

"茂……茂央仔，我甲你讲……你甲水木仔伊老母的棺材交……交出来，知……知唔？若呒……若呒，我……我就呒……呒放你煞[62]……你知唔？"虎尾李仔就像个交响乐团的指挥似的，站在远远的地方用他的警棍舞弄着。

"讲到这个虎尾李仔，生鸡蛋呒，放鸡屎有尔尔。像空茂央仔彼种人，加讲加怒的……若呒是伊虎尾李仔在那儿骞时间，阮老母嘛唸呒去……"每当表演到这里，阿公便垂头丧气地将手上的剃刀收折起来，若有所思地沉默着。这个时候，要是椅条仔脚的癞皮狗姆达再适时地吹上一两声狗螺的话，气氛一定会更加肃穆感人的。

我倒是满同情虎尾李仔的，阿公的老母不见了，并不能全怪虎尾李仔拖了一点点时间。那天，里长伯仔带头，阿公、阿妈、火炎仔、丽霞仔，还有算命仙仔一行人全部进到林家古厝里搜了又搜，查了又查，除了空茂央仔他阿爸的棺材之外，四处都找遍了，就是不见阿公他老母的踪影。对了，就在大家都无计可施，正准备班师回朝的时候，突然间，阿公的大黑狗骷髅（它是姆达的阿公）冲着那口棺材狂吠了起来……

阿公说他当时之所以没有撬开伊姓林的棺材，并不是要给空茂央仔面子，只是不愿意"吵死人"罢了。

我觉得事实并非如此，阿公之所以没有掀开那口棺材盖子，主要是想起了虎尾李仔所说的那个老人嗽声。那个干干涩涩的声音，虎尾李仔听到了，骷髅也听到了。

从空茂央仔的身上，我首次了解到何谓"以德报怨"的风度。那年，空茂央仔挨了耳光之后，不但没有使弄他的徒子徒孙们来阿公的剃头店捣蛋，也没有出过"八仙过海"那样的麻烦招数。所谓的"八仙过海"，就是派八个乞丐轮流到某个店家的门口站岗乞讨，他们手上托着一只饭碗，不停地用竹筷子在碗沿上咔咔咔地敲着，一敲一两个钟头才换班一次，从早到晚，直敲得人心烦意乱、关门大吉为止。相反地，自从空茂央仔挨了阿公一巴掌之后，他不但没有报复，反而更加地照顾我们了。除了定期派人来阿公家淘大粪之外，还不时地差个乞丐送来一麻袋的新鲜蚵仔。即使逢年过节的时候，阿公的剃头店门口也从来不曾传出半双竹筷子敲碗的声音。

打从我有记忆开始，每隔几天，便会有一个乞丐到阿公家来送蚵仔，这个时候，当着客人的面前，阿公必定会对从乞丐手中接下蚵仔的阿妈怒声斥责道：

"乞食命！吃乞食的比乞食卡不如，甲恁爸拿去丢，知唔？！"

这出戏码从我出世之后，不晓得看过多少次了。在阿公厉声地责骂之后，阿妈便按照阿公的指示，把那一麻袋的蚋仔给丢进一个大陶盆里，洒点粗盐，用水浸泡起来。到了晚上，一大铝锅的姜丝蚋仔汤便会在我们，还有火炎仔家的饭桌上冒着热腾腾的白烟了。如果我不肯吃蚋仔汤，阿公还会忿忿地训诫我："囝仔人真九怪[63]，你看人火炎仔自细汉[64]就喝这，喝甲按迌真勇真大棵，吟嘛，连武雄嘛比你卡大汉[65]，你不知好歹你……"想到武雄可能长得比我更高更壮时，我总是很识轻重地赶快再闷头喝一大碗。

或许就是因为这个原因，我和武雄的骨子里才渐渐长满了乞丐的天性也说不定。

西北雨

不知道从民国几年开始，打从我一张开耳朵，就已经住在阿公的剃头店里了。

从张开耳朵到张开嘴巴的这段期间，我就像一台不用插电的录音机，默默地把我的身世记录下来。或许是无事可做的关系，我竟然像背课文似的把它们记得牢牢的，仿佛在准备月考一般。

我还记得我按下录音键的第一天，便大有斩获。

"这个是冇人个，在烧水沟捡转来的。"这是我的外公黄水木的声音，他正在帮一个老客人刮胡子，语调有点冷淡，像是一个不太热心的牙医。那个客人被放倒在剃头椅上，身上覆盖着一块白色尼龙布。

"咁有影[66]？时机歹歹啊，你钱不捡，捡甲这冇成猴死囡仔，水木仔，我看你是——"老客人一句话还没说完，阿公的剃头刀刃已经架在他的脖子根上了。

"啊冇你是吃饱太闲嫌艰苦是唔？讲啥么阮孙是猴死囡仔，你才是死老猴、死冇人哭，去做火车挡好啦——"这是我的阿妈林金莺的声音，一听就知道她会活得比我阿公和他的客人还久。在我确定阿妈是站在我这一边的之后，因为担心那个老客人会"死呒人哭"，于是我便开怀大哭起来。

"恁看，拢是恁啦，吃老不知样[67]，害阮金孙仔哮起来！"阿妈赶紧用毛巾擦干了手，把我从竹摇篮里抱出来，并且在我的背上拍个不停，差点按掉了我的录音键。

"嗯唉？！日也哭，暝也哭，吃饱哭，哭饱吃，外省的讲呛通啦。"阿公的声音虽然激动，但是手上剃刀的动作还是非常细腻，不愧是烧水沟的头号师傅。

这是我第一次录下"外省的"这三个字。

在我还没录下"爸爸"这两个字之前，我老爸的代号就是"外省的"。我的阿公黄水木这么叫他，我的阿妈林金莺也这么叫他。后来我才知道，除了阿公、阿妈、爸爸、妈妈之外，我还有一个哥哥、两个姊姊，不过那是过了很久之后的事情了。

奇怪的是，虽然我的爸爸、妈妈来自同一个地方，却只有我爸爸是"外省的"。

每隔七天的那个早上，就会有一班从远方开来的火车停在烧水沟小火车站，然后，我的老爸、老妈便挤在一群人当中走下火车，往剃头店的方向走来。人群当中有吆喝着"便当、枝仔冰"的，有倒提鸡鸭的，有咒骂小孩的，还有追打扒手、翻墙逃票的。在这些声音当中，最明显的就是我老爸皮鞋后跟上发出的，铁片撞击路面的咔咔声。

"咔、咔、咔、咔"的声音从远方慢慢向我接近了。

"咔、咔、咔、劈——"我老爸不小心踩碎了一只小蜗牛。

更奇怪的是，除了皮鞋后跟之外，我老爸就发不出什么声音了。

就像乞丐头子空茂央仔一样，我老爸也有他与众不同的地方。他的特色就是不说话，但我知道他不是哑巴，他不像哑巴芬仔那样发出嗯嗯啊啊的声音。我老爸在我的录音带里几乎是一片空白。

我老妈可就能言善道多了，打从一下火车开始，在通往剃头店的半路上，我就至少录下了她和一打以上的小学同窗、老邻居、刈空心菜的欧巴桑、骑着铁马的老邮差，或是空茂央仔的乞丐徒弟打招呼的声音。到了大树公那边的时候，还不忘从她的包袱巾里面，取出一把刚才在铁枝路边摘来的青草药来，向算命仙仔阿川伯公核对一下：

"阿伯公，这是红骨蛇对呣？"

"对对对。"算命仙仔曲着一只脚，轻轻地捻着胡须尾巴点点头。

"阿伯公，这是流氓藤，吃内伤的，对呣？"

"对对对，卡早恁老爸水木仔乎日本警察抓去刑，就是吃这帖流氓藤好的。按迟抠一把洗乎伊清洁，搋乎烂，透米酒头仔灌一大碗，若吮者，恁老爸早就抬去种啊……夭寿骨[68]日本警察哦……可怜哦……"阿伯公的一丝叹息缓缓地从他门牙的缺缝里挣脱出来。

我老爸就安静多了。

通常，在我老妈开始和阿公、阿妈斗嘴鼓[69]之后，在凉亭仔脚的癞皮狗快要打第三个哈欠之前，我老爸便悄悄地把我从油亮光滑的竹摇篮里抱起来,往烧水沟的方向走去。一直等到我们快要走远了之后,剃头店里才会突然传出一声:"外省的走去叼?"

外省的抱着我,像是兜了一台录音机往远方走去。

癞皮狗姆达尾随在后,步伐从容地没有发出什么声音。

我们从隔壁火炎仔家门口经过,炊红龟粿的蒙蒙蒸汽从屋里绕出来,带着一点淡淡的糯米香味。我的好朋友武雄还在他的竹摇篮里昏睡着,他把自己的大拇指伸进两片厚嘴唇里用力地吸吮起来,发出小猪吃食的声音。

走着,走着,很快又来到了"金源利西装社"的玻璃展示橱前面,老师傅胜兴仔头发梳得整齐油光,颈背上的皮尺像一条小蛇似的垂挂在胸前。外省的抱着我伫足在西装社门口,室内的光线格外明亮,好像一个特大号的金鱼缸,五颜六色的布匹如同茂密的水草一般互相压挤着。玻璃橱后面有一个只有上半身的模特儿,罩着一件衣服,这种衣服,在我们烧水沟大街上几乎没有人穿。那外套怪模怪样的,倒是和外省的身上的军装有点相似,只要在口袋外面缝上盖子,再别上几枚金色的阶章就差不多了。外省的抱着我从玻璃橱窗看进去,好像在照镜子。镜子里面没有我,也没有姆达,只有一个半身的模特儿穿着一件奇怪的衣服,衣领上伸出一个油彩斑驳面貌模糊的头颅。

外省的抱着我,像是兜了一台录音机,继续往远方走去。

癞皮狗姆达尾随在后,它的尾巴高高地竖起,像一根机伶的天线般侦伺着周围的动静。

一辆载满甘蔗的糖厂小火车从我们背后很远的地方驶过,平交道上发出一长串警铃的声音。

外省的抱着我,从大路上无声地走过。

我们走到菜市场,蜂拥而至的小贩吆喝声,从我的耳朵钻进去,把我的录音带弄得像淹大水似的。

外省的像个隐形的哑巴那样走过去,没有人招呼他买东西,也没有恶作剧的小孩跟在我们后面喊叫:"阿兵哥,钱多多,吃馒头……"路旁的野狗们,远远地看到我们走近便避开了，仿佛是看见了什么奇怪的东西似的，一只只全都伏进角落里，低着头从鼻孔里发出一丝哀伤的声音。

姆达顿时更加精神了，它抬头挺胸地从那群野狗的地盘上走过，屁股上的天线也忍不住左摇右晃地摇摆起来。

走着、走着，就又来到了烧水沟边，还没到傍晚洗澡的时间，除了我们之外，没有半个人影。每隔一段时间，当糖厂排放热水的时候，便有一丝丝细小的蒸汽从沟面浮起，向两旁的芒草丛游去，再沿着灰绿色草秆上的粉白细毛升上来。升上来，升到天上去，变成一团一团的棉絮。棉花人，棉花狗，棉花糖。棉花人拿着棉花糖牵着棉花狗无声地从天边走过去。

彼时的我和癞皮狗姆达一样有口难言，至于外省的呢？我想他是无话可说吧。

其实，不说话也有不说话的好处呢。

坦白地说，自从我和武雄一样学会开口说话之后，烧水沟便再也不是从前的模样了。

有时我想，大概连烧水沟里的水鬼也是个哑巴吧！

我还清楚地记得，外省的抱着我坐在沟边的大石头上，癞皮狗姆达趴在一丛青翠的台风草堆里，不时地用前脚爪去搔扒耳朵上溃烂的脓疮，抓着抓着，忽然从树梢上飘下来一只粉蝶，姆达紧紧地盯着那片白色纸屑般的东西，脚爪还吊在半空中，忘了放下来，待那雪片般的翅膀悠悠落近时，它才倏地踮起前脚，腾空跃起……"喀"的一声，姆达抬高扑空的嘴巴，望着那瓣细小的白点像风筝似的飘向远方去了。于是，我的录音带上便留下了姆达的两排牙齿相互咬合撞击的声音。那声音敏捷而短促，听起来倒是有点空洞得令人伤感呢！

最好看的就是那一大群白色的山羊了。一长串糖霜似的羊群从满地牵牛花的山坡上缓缓溜下，远远地看去，就像是一条泛着甜味的毛毡，从人家的晒衣竿上被风吹落下来了。

不知道为什么，那群山羊总是安安静静的，像河里的小鱼一样游到东，再游到西。一直到上小学的时候，有一天,我们老师叫我站起来表演山羊的叫声时,我还以为他的脑筋有问题哩!

或许是因为外省的身上穿着草绿服的关系,有时候,那群山羊竟然像发现青草似的向我们走来。这时候,外省的便会从地上揪起几截草叶,放进我的手掌里,再伸到山羊的鼻孔前面。山羊们也很合作地嗅了嗅,再伸出舌头把青草捞进嘴底咀嚼起来。

最兴奋的要数癞皮狗姆达了,只见它像傍晚的燕子似的在羊群之间忙碌穿梭着,有时又像个陀螺一般在羊圈外边打转,忙得不亦乐乎。或许姆达的祖先就是一只牧羊犬也说不定。

羊群来了,又走了,和外省的一样。

外省的走的时候,阿妈便抱着我,守候在凉亭仔脚的椅条上。火车快要从大路的那头经过时,平交道上的栅栏便会当当当地放下来,然后,一列火车像流星似的从地平线上划过,阿妈赶紧拉起我的手,朝远方挥舞着。外省的在火车上,我知道外省的看到我们了。火车走远了,平交道上的栅栏又当当当地升起来。癞皮狗姆达低下头去伏在角落里,鼻孔里发出一丝哀伤的声音,像是一只被主人遗弃的老牧羊犬。

"走啊?"阿公手上拿着一把推剪,探头问道。

"走啊。"阿妈回答道。

我的录音带平顺地转动着。

棉花人拿着棉花糖牵着棉花狗无声地从天边走过去。

"咔、咔、咔、咔"……

"外省的走去叼?"……

"走啊?"……

"走啊。"……

羊群无声地来了,又走了,外省的也一样。

无声也有无声的好处呢。自从我和武雄一样学会开口说话之后,烧水沟便再也不是从前的模样了。

我还记得我开口说话那天的情景。那天下午,西北雨刚刚下过,大路上的灰尘也安静下来了。凉亭仔脚的大榕树经过一番冲凉,好像方才被按摩过的老岁仔一样,显出非常爽快的模样。远方平交道的栅栏,发出和昨天一样的当当声;铁枝路边的一间矮瓦厝传出阵阵陶碗和铁匙推挤碰撞的骚动声——阿进仔推着一大桶香QQ的粉圆冰出门了。

剃头店的躺椅上,一位老客人正在数落全烧水沟最胖的一个妇人,他的三轮车就在门外边滴着雨水。

"刮"的一声,老邮差拐进凉亭仔脚,支起他的大铁马。癞皮狗姆达斜眼瞧了他一下,大铁马的后轮还在原地转动着。

"水木仔,电报!"老邮差站在剃头店门口朝里面喊道。

正在后头洗菜的阿妈走了出来,她甩掉手上的水珠,抽起一条毛巾来擦手。

"啥么人个电报?"

"黄——水——木。"

"哪会有啥么电报,迋奇怪。"

"哪会呒电报,有啥么好奇怪。"

"啊是讲啥,我呒识字要按怎?"

老邮差戴起他的老花眼镜,拿着电报朝光亮的地方看了看,将电文解说了一番。

然后是阿妈的哭声。

然后是老邮差的铁马从凉亭仔脚离去的链条声。

然后是老客人默默起身离去的脚步声,他没忘记把银角仔轻轻地放在镜台上。

然后是阿公拉开抽屉,将电剪收进一个饼干盒子里的声音。

隔壁的火炎仔和丽霞仔在一阵阵的哭嚎声中来到剃头店的门口。丽霞仔抱着昏睡中的武雄,他的脚趾头从碎花被单底下伸了出来,开心地在半空中活动着。

"水木婶仔,啊是哭按怎?"丽霞仔小心地问道。

"外省的呒去啊——"阿妈说。

"谁讲的?"火炎仔看向阿公。

"送信的讲的,在外岛呒去的。"阿公坐在他的剃头椅上,对镜子里的火炎仔说。

接着是一段沉默。

阿进仔推着他的粉圆冰,叮叮叮的小铃声慢慢地接近我们了。癫皮狗姆达的下巴贴在冰凉潮湿的水泥地上,它没有像从前那样兴冲冲地站起来咬自己的尾巴,它的烂耳朵朝上竖立了一下,又垂下来。

阿妈抹掉眼角的泪水,走向我,把我从油亮光滑的竹摇篮里抱出来:"可怜啊,囝仔还赡晓叫老爸咧。"

我学武雄把脚趾头伸出来活动一下,打了一个哈欠,然后开口说了我这辈子的第一句话:

"走啊?"

自从我开口说话之后,烧水沟便再也不是从前的模样了。

每隔七天的那个早晨,我还是继续录下那一大堆火车靠站时吵吵闹闹的声音。人群当中有吆喝着"便当、枝仔冰"的,有倒提鸡鸭的,有咒骂小孩的,还有追打扒手、翻墙逃票的。

有时候,就在火车即将喷着白烟离去的瞬间,我的心里还会没来由地冒出一句:"外省的走去叼?"然后就会听到好像有一阵嗯嗯啊啊的声音在我耳边响起,仿佛是哑巴芬仔站在我面前比手画脚地用力诉说着什么。

我的确是听到了。只是我听不懂。

天顶的父

就在幼稚园快要开学的前一个礼拜天,我的外公黄水木和武雄他阿爸火炎仔才突然决定加入基督教会的。

那天早上,吃地瓜稀饭的时候,阿公用竹筷子夹起一小截昨天早上吃剩的花瓜,在我的面前比划着说:"阿公带你去一个所在,每天都有免钱的肉酥配糜,等一下吃饱不行甲我跑出去迌迌[70],知呣?"

听到"肉酥"两个字,我和桌脚上的癞皮狗姆达同时竖起了耳朵。姆达真是一个沉不住气的家伙,它居然还站起来四处嗅着,好像很想找两双鞋来穿出门似的。

我的表现就稳重多了。我又呼噜噜地划了一大口稀饭，毫不在意地应了一声："我知啦。"

吃完稀饭，阿公特地换上了一件新烫过白色尼龙衬衫，口袋上还插了一枝钢笔，连脚上的木屐也是昨天刚买的那一双。他挤了一大条发油在铜梳齿上，把灰灰的头发抹得又臭又亮，然后站在镜台前面从不同的角度照来照去，看起来就像一个还没换装前的圣诞老公公。

阿妈也帮我换上了干净的衣服，并且一直吩咐我，以后要"乖乖听牧师娘的话，呒通手贱顾人怨，知呒？"

"知啦，"我说，"啥么是牧师娘？"

"牧师娘就是牧师的牵手[71]，要乖乖听话，牧师娘才会教你啊伊呜耶噢，按迌知唔？"阿妈还把一条娘娘腔的粉红色手帕塞进我的裤袋里，害我很不想出门。

"啥么啊伊呜耶噢？呒智识你——是ㄅㄆㄇㄈ……"阿公瞪大了眼珠子斥责道。

"对啦，对啦，是嘌嘌唬唬啦，阿妈顸颠[72]，阿妈顸颠，阿妈就是细汉呒读册[73]，吟嘛才会啥么拢袂晓，你就

| 61

要——"

"矮米死猪，狗咬猪，猪呃尾，红龟粿……"武雄那个讨厌鬼就在这个时候踩着重重的步伐，喀喀喀喀地从剃头店的门口踱进来；火炎仔紧跟在后，好像在比赛似的，也把木屐拖得劈劈叭叭的。

"七早八早啊呒恁是在抖猴死囝仔是呣？等咧土脚[74]斩坏你是要赔是呣？"阿公瞪着火炎仔父子斥责道。

啪的一声，火炎仔一巴掌甩在武雄的五分头上，"叫你卡细声[75]咧，你是呒听到是呣？七早八早就在吵死人！"武雄好像练了铁头功似的，火炎仔这一巴掌打下去，完全没碍着。

"恁厝才死人啦，要吵死人甲我出出去！"阿公那个架势，好像准备也给火炎仔甩一巴掌。

"黄的啊，你是去吃到炸药是呣，人火炎仔又没惹你……"阿妈把看起来笨头笨脑（实际上也差不多）的武雄拉到一边，问："武雄啊，你刚才讲啥么矮米死猪是在创啥么的？"

"呒啦,团仔人黑白乱讲的啦,不知去叨位学甲这乌鲁木齐阿都仔[76]话啦,嘿嘿,嘿嘿,阿都仔话啦,嘿嘿……"火炎仔跟阿妈解说道。

"啥么阿都仔话,觥博假博[77],憨面搁假福相,这矮米死猪是罗马字啦,讲乎你识,嘴须好打结。"阿公不屑地说道。

"对啦,对啦,这是罗马字啦,嘿嘿嘿,吟嘛就是要带这两只去学罗马字啦,"火炎仔傻笑道,"我听虎尾李仔讲,这罗马字是多歹学咧恁咁知?卡早虎尾李仔跟一个阿都仔学半冬搁学呒三字迟,有够歹学个歹学啦!"

"咁有影迕歹学,半冬搁学呒三字哦,啊是学啥哪会按迟?"阿妈问火炎仔。

"啊知伊去死,虎尾李仔曾教我两字啦,伊曾教我'番仔火[78]'佮'狗'啦。"火炎仔的腰骨挺了起来。

"番仔火按怎讲?"阿妈的语气谦卑起来。

"揳就啪。"

"啊狗咧?"

"扛就惊。"

"啊猫咧?"

"啊我就呒知。"

阿公在一旁好像已经吞忍很久了,手上的苍蝇拍子连扑了好几个空之后,突然就朝着火炎仔的脑袋瓜子扫过去:

"我听伊虎尾李仔在骗恁这些呒身份证的,恬恬[79]呒讲话,呒人会当你是哑巴啦——"

火炎仔敏捷地闪过那一拍子,连退三步躲在窗口边解说道:

"知伊去死,是虎尾李仔讲的,又呒是我讲的,想想也有理啊……番仔火揳下去就啪一声着火啊,狗若扛下去就会惊咁呒影[80]?"

火炎仔说完,就一木屐踹在椅条脚的姆达身上,姆达睁开惺忪的双眼看了火炎仔一下,又阖上眼,动也没动一下。

"这只是督龟[81]狗,呒算!"火炎仔不平地说道。

"督龟狗？我看你才是督龟鸡啦！"阿公怒火未熄地说。

"嘻嘻嘻……"武雄露出他又黑又丑的笑容，"督龟鸡……"

啪的又一声，武雄再次遭到了迎头痛击，这一次比前一下更扎实些，武雄站在原地，像个不倒翁那般跟我们鞠了一个躬，我还来不及回礼，他又弹回去了。

"恁爸转去[82]再跟你算，若吼乎你一顿粗饱个，恁爸这粒头连借你迡迌——"火炎仔像一架轰炸机似的盯着武雄道，"像你这般的，愈看愈厌，愈读愈册，后摆[83]大汉做乞丐好啦，脚数！"

听到"乞丐"两字，阿公像是想起了什么重要的事，突然正色说道：

"恁两个个给我斟酌听哦，昑嘛开始，恁两个拢总要去教堂读册，要认真听话，后摆才赡变做无路用的脚数。"阿公说着说着激动了起来，正巧一只绿头大金蝇从他的面前路过，于是阿公就一拍子扫下去；遭受莫名攻击的大苍蝇从容地闪过，在半空中钩了一下，就转进到阿公的头上。我很好奇地望着那只正在摩拳擦掌的绿头金蝇，不知阿公头上又臭又黏的发油，会不会像捕蝇纸一样把它给抓住？

阿公见我专注地看着他，心里似乎得到了一些安慰，于是便交代起更重大的事业来："囝仔人一定要认真读册，后摆大汉才会做大官、赚大钱，才赡乎人看衰坏……若呒好好读册，就亲像空茂央仔那阵乞丐徒弟仔，一世人吃饭出放屁制造肥料尔尔，按迟知呣？"

"知啦。"我说。

"知呣？"火炎仔似乎得到了什么启发，便朝武雄训斥道。

"知啦，"武雄张开他的大嘴巴，阿公头顶上的苍蝇恰巧飞过，差点被吸了进去，"要好好读册，才赡变做空茂央仔个徒弟仔。"

大苍蝇在半空中转来转去，好像找不到依靠似的，考虑了半天，才降落在癞皮狗姆达的烂耳朵上。姆达搔搔痒，站起来打了一个大哈欠，鼻管里发出一阵厌倦的声音。站在姆达旁边的火炎仔又一木屐往它的排骨上踹下去:"人讲要读册,你是呒欢喜是唔?督龟狗!闪边仔去——"

讲到"乞丐",我和武雄互相使了一个眼色。经过阿公这一番提醒,我和武雄立刻觉悟了:"认真读册"就是教堂最可怕的地方。

像我和武雄这般立志要当乞丐的人,岂是我的阿公黄水木三两句话就可轻易动摇的?何况,我和武雄连未来做打狗棒的木料都准备好了,那是两根从雕刻店偷来的乌心石神明桌脚,就藏在大庙戏台下的库房里,两根怕都有四尺长呢!

这就是我对教堂的第一印象:矮米死猪、肉酥配糜、认真读册、做大官就不行做乞丐……

在前往教堂的半路上,我就偷偷地在心里盘算着,做乞丐自然好过做大官的,做乞丐头子就更好了。大官是啥么碗糕?烧水沟镇长遇上空茂央仔就像八爷遇上七爷,矮了可不止半截啊!还是当乞丐好,等我将来长大当上乞丐头子,三不五时派人给阿公、阿妈送上几袋湿淋淋的蚋仔时,阿公就知道我的厉害了。不过,眼前的情况是,我和武雄马上就要读册了。读册的后果真是不堪设想。跟牧师学读册,长大之后是要当牧师吗?

到了教堂,当我第一眼看到牧师的时候,我就知道,我这辈子非当乞丐不可了。

牧师穿着一身奇怪的黑衣服,全身上下平平整整的没有半点皱褶,好像来来回回不知道被火车压过几百次似的,就算是金源利西装社展示橱里的衣服也没么吓人啊!

更可怕的是,牧师竟然和阿公一样涂了厚厚的一层发油,而且比阿公的还多,又臭又亮的发油,如果一丝丝全刮下来,至少也有半斤重吧!

"啊,水木仔兄,真罕见,真罕见,平安!平安!"牧师从他的黑色袖管里,向阿公伸出一双枯瘦而苍白的手掌。

"平安……平安……"阿公像是一个刚被抓到的逃学生一样,赶紧伸出他又胖又短的手掌来和牧师握手。

"啊,火炎兄,平安!平安!"牧师转向火炎仔。

"平安……嘿嘿嘿……平安，周牧师啊，这个是阮大汉的，叫作武雄啦；彼个是水木仔伊孙啦，叫作阿生仔啦，吟嘛就是要带这两只来读册啦，嘿嘿嘿……"火炎仔说话的时候，顺便把我和武雄推到前线去，"呸成猴，𣍐晓问人是唔？"

"呒要紧，呒要紧，真乖，真乖。"牧师伸起他的手掌在头发上梳理了一下，然后在武雄的头上拍了拍；刹那间，武雄的头发好像也抹了油似的发亮起来。

"哑巴啊！"火炎仔对武雄斥责道。

"牧师好！"武雄大声说道，很显然地对教堂失去了警觉。

"平安！平安！感谢上帝。"周牧师又在武雄的头上摸了一下，这下子，武雄的五分头更像是抹了针车油似的青亮了起来。

接着，牧师终于要向我下手了。

阿公、火炎仔，还有武雄那个笨蛋都盯着我，准备看我的表现。

牧师走近我了……黑色的袖管里伸出一只又硬又白的手掌向我俯冲而来了……三双眼睛在我的背后一直推我……

"空茂央仔来了！"我像一个快要被水淹死的小孩那样鬼叫起来。

或许这就叫作急中生智吧，就在牧师青笋笋的手掌快要降落在我的头上时，我想起了烧水沟的大人们最常用来吓小孩的那句话。周牧师被我突如其来的吼叫声给震了一下，手掌也顺势缩了回去；他和其他的人，我的阿公黄水木、武雄和他的阿爸火炎仔都同时转过头去看空茂央仔在哪里。就在这个时刻，我遇见了我这辈子的第一件奇迹。

一点都不假，正是空茂央仔拉着猁腰仔，猁腰仔提着她的洋娃娃，两个披头散发的人加上一个披头散发的洋娃娃，就在这个时候匆匆地打我们面前走过，好像后面有人在追捕他们似的。

所有的人都和空茂央仔一样，变得面无表情起来。

牧师忘了摸我的头了。阿公忘了骂我了。火炎仔的嘴巴张得比一片红龟粿还大。只有讨厌鬼武雄还很正常，见猾腰仔走过，他一时技痒，或者是想在牧师面前表现一下，便倏地像一只青猴似的摸到猾腰仔后面，探出手去把洋娃娃的金头发用力扯了一下，没想到这次用力过猛，竟把洋娃娃的脖子扯断了；"喀"的一声，洋娃娃的头砸到地面又弹了几下向我们滚过来了……

这时候，我想，包括牧师在内，所有在场的人心里面都冒出了同样的一句话："这摆武雄死定了！"

武雄看起来好像是去放冲天炮似的，才一点完火，就拔腿往我这儿冲回来；我赶快把武雄推开，这个时候，我可不希望空茂央仔以为我们两个是好朋友啊……

空茂央仔停下来了。

披头散发、两眼充血、鼻孔扩张，一身蛮力包裹在柔道服里的空茂央仔像一头蓄势待发的水牛望向我们。我好像听到一阵牛蹄在柏油路上来回划动的声音。

讨厌鬼武雄这次铁定要去收惊了（如果他还能活下

来的话），他像一只特别难看的无尾熊似的紧紧抱住火炎仔的大腿；火炎仔全身僵硬，直挺挺的像只木鸡。

阿公把我拉到他的屁股后面，然后把尼龙衬衫里的老花眼镜和钢笔掏出来，塞到我的手上，交代我要拿好，不要掉了。一阵羞愧的感觉从我的背上浮起，让我起了好大一片的鸡皮疙瘩；我突然觉得过去这几年来我都误会我的阿公黄水木了，没想到他是真的很爱我的。

猎腰仔放开空茂央仔的手向我们走过来了，牧师幸好抹了油，头发才没有竖立起来，我看到他偷偷地在肚子上划了一个小十字架。

我躲在阿公的屁股后面望着武雄青亮油光的后脑壳，心中陡地感伤起来。我心想，可怜的讨厌鬼武雄，昨天我才偷了他一颗天霸王的弹珠和一叠皱纹纸，怎晓得他竟是那种会夭折的小孩哪！

出奇地平静。

我遇上了这辈子的第二件奇迹了。

猎腰仔穿着她的血红色大衣，戴着破斗笠，低着头向我们走过来；她弯下身准备把洋娃娃的头捡起来时，火炎仔很热心地抢一步向前帮她捡，正要交给猎腰仔的时候，一个不小心手滑，洋娃娃的头又滚到牧师前面去了，一边滚，那双蓝色的塑胶眼珠子还一开一阖地眨动着……牧师赶紧向后退了一步，低下头来眼睁睁地看着猎腰仔用手按住斗笠，然后把洋娃娃的头捡起来。

猎腰仔捡起洋娃娃的头之后，用黑黑的手指在金色的头发上梳了几下，再用衣角给洋娃娃擦了脸，才"咔"的一声把头跟身体接合在一起。

"平安……平安……"牧师的确是个高深莫测的人，在我们大家都还不知所措的时候，他便用略微颤抖而不失虔诚的声音打破了沉默；猎腰仔提着洋娃娃转身离去的时候，牧师且礼数周到地，朝着站立在不远处的空茂央仔点了点头。

不知道是不是我的眼花了，我好像看到空茂央仔也略微地向牧师点了点头，并且吞了一口口水，依旧面无表情地拉着猎腰仔和她的洋娃娃，匆匆向远方走去，好像背后有人在追捕他们似的。

"驶恁老母卡好咧!"空茂央仔走远了之后,火炎仔立刻恢复正常了,他突然从一只木鸡,变成了一只斗鸡,一双拳头左右开弓地往讨厌鬼武雄的五分头上狠狠啄去,好像卖膏药的拳头师父在打沙袋那样。"恁爸若呒撞乎你死,您爸就跟你姓!"在千声连连的咒骂之中,火炎仔的拳头乒乒乓乓的像是一长串惊叹号均匀地穿插其间。

讨厌鬼武雄倒是表现得很像一个孝顺的小孩。也许他的心情非常地复杂,所以并未闪躲,当火炎仔打了他的左脸时,便把右脸也伸出去。

果然,一枝草,一点露,武雄活下来了,他的眼神看起来也比刚才更成熟了一点点。不知道为什么,每次武雄被痛宰之后,我的心里都会对他升起一丝丝的敬意?火炎仔打得愈凶,我的尊敬就维持得愈久,我想,万一武雄被打死了,也许大家就会帮他盖一间庙也说不定。

经过这一番有惊无险的遭遇后,更加坚定了我想要当乞丐的念头。我不知道武雄心里是怎么想的,但是,刚才空茂央仔的风光他也看到了，如果武雄能够当上乞丐头子的话，这一辈子除了剃头师傅之外，大概再也没有人敢动他的脑袋一下了。况且，算命仙仔阿川伯公不也说过，做人只要"身体健康，学问普通"就可以了吗？这个意思就是，肉酥配糜很好，认真读册就要考虑一下了。

其实，教堂也是一个很可爱的地方，又高又长的尖顶红砖屋（墙上还冒出许多青绿幼小的蕨菜芽），枝丫交错如鹿角的大棵鸡蛋花散发出清爽的香气，从门口一直延伸到后院的韩国草整整齐齐的，好像有人用一把特大号的剃头剪收拾过的。坦白说，除了空茂央仔的林家古厝之外，整个烧水沟就再也看不到更气派的房子了。

因为没有上过教堂的关系，进到礼拜堂里面的时候，我们就遵照阿公的指示，在那一排排像火车站候车室的长木条椅之中，选了右手边最后面的那一个坐下来；待我们陆续坐好之后，阿公才坐到最靠近中间走道的地方，好像是要把我们的出路给堵起来似的。这样一想，我就开始觉得尿急了。

"武雄，你要放尿呣？"我问武雄，他摇摇头。

阿公戴上他的老花眼镜，从前面的椅背沟里抽出一本又厚又黑的书来看，暂时好像还没有离开座位的意思。

为了分散自己的注意力，我也学阿公抽出一本书来摊在膝盖上，除了前面有几张看起来好像是地图之外，其余全都是密密麻麻像蚂蚁一般的黑字；翻着翻着，蚂蚁竟一行一行地扭动起来，眼看就要往我的裤裆上爬过来了……我赶快阖上书，放回原来的位置。

陆陆续续又有一些人走进教堂里来了，他们全都安安静静地坐在自己的座位上，有的像阿公一样，一坐下就开始读册；有的则是跟火炎仔父子一般什么也不做，只是待在原地发呆。我压低嗓门，又问了一次武雄："喂，你想要放尿呣？"武雄那个讨厌鬼依旧摇摇头，假斯文地安静着。

看来我得靠自己了。我想起从前搭公车的时候，阿公教我的一招方法。他说，想要放尿的时候，就看窗外的风景，想其他的事情，就会忘记要放尿了。

这一招从前还蛮管用的，可是不知道为什么，那一天却失效了。我重新调整好坐姿，放松心情，教堂的两侧有十几扇高大明亮的窗户，我一扇一扇，从左到右慢慢地看，可是看来看去，心里面却一直想到：到处都找过了，几乎可以确定教堂是一个没有厕所的地方了。看着看着，愈看愈慌，愈慌愈热，到后来，几乎快要把教堂看成一间大厕所了；所有的人进来之后都不讲话，也不打招呼，只会头低低地做自己的事……

就当我决定要勇敢地站起来，跟阿公说我要去放尿的时候，风琴声响起了——

教堂前面高起来的地方，靠近左边的角落有一架老旧的风琴，掀开来的风琴盖子后面，隐隐约约可以看见半头长长的黑发在左右摇摆着；就在琴声传出来的瞬间，所有的人，包括阿公、火炎仔和武雄，竟然都比我还先站了起来，连一声通知都没有。

我也赶快站起来。我觉得自己可能站得有点勉强，如果从侧面看过来，大概很像一尾直立的虾子吧！

在风琴的伴奏声中，牧师走上讲台，然后音乐停止了，大家又安静地坐下来，我们也跟着坐下来。

经过刚才突然的站立，再坐下，我感到内心升起一股非常温暖的喜悦。高深莫测的牧师再次拯救了我，教堂突然变得可爱了一些，虽然我还是找不到厕所在哪里。

可惜好景不长，就当我刚刚才将身体调整到一个最适合忍耐的姿势时，风琴后面的那半颗头又开始左摇右晃起来了。

我的阿公黄水木是一个非常机警的老人，这次，风琴声才奏出不到一秒钟，他就率先起身，从木条椅上弹起来，然后像一个精神奕奕的老教友那样将圣经捧在手上之后，对我们摆出一副先知的表情。只可惜我的阿公黄水木只对了一半，因为他拿错本了。这次大家都换了那本比较薄的、水蓝色胶皮封面的书之后才站起来。我的阿公黄水木有的时候是蛮固执的，譬如说，当别人都手捧诗歌的时候，他照样坚持把那本又厚又重的圣经翻得沙沙作响，照样从头唱到尾。

我始终搞不清楚阿公到底唱了什么,或者牧师到底说了什么;我只记得接下来,我一直是那个最后才站起来,却最先坐下的。

厕所到底在哪里?

一只白色的短毛大公狗出现在右边倒数第三个窗格里,它在一棵椰子树前闻了几下,然后才从从容容地抬起腿来硬挤出两滴尿,踏着轻快的脚步离去。这个画面令我非常痛心。

"感谢上帝,咱天顶的父……"

或许是因为适当的磨炼,我好像变得更懂事了一点点,牧师从刚才一直挂在嘴边的这句话,我忽然就听清楚了。

只可惜除了这句话之外,其他的我就完全听不懂了。

不知道为什么,每当牧师讲到"咱天顶的父"的时候,我就很紧张地观望起来,好像是听到了什么重大的秘密似的。(厕所到底在哪里呢?)

看着看着,果然就被我看出一点意思来了。在周牧师背后的那面白色墙上方，有一个挂得高高的木十字架，上面有一个披头散发，穿着奇怪衣服的人张开双臂吊在上面，我心想，那一定就是"咱天顶的父"了。经过仔细观察判断，我几乎可以肯定地说，教堂的秘密已经被我发现了。

　　我很高兴，这回我是靠自己的力量拯救了自己。经过精密地推敲四周环境地形之后，我敢说，教堂的厕所一定就在"咱天顶的父"背后那堵墙的外面。除此之外，其他地方都不可能了。

　　发现这个秘密之后，我的心情轻松多了。接下来，当风琴声再度响起的时候，我也能跟着大家一起像打算盘珠子似的站起、再坐下了。

　　这都是"咱天顶的父"的功劳。坦白说，十字架上的神像，除了让我忘记了刚才的痛苦之外，还让我想起了一件快乐的事。说真的，"咱天顶的父"除了比较小尊一点，比较干净一些，还有比较缘投[84]一点之外，那个模样还真的是蛮……蛮像空茂央仔的。

这个想法，我一直很努力地把它埋藏在心底不敢讲出来，因为，我可不想落得像讨厌鬼武雄的下场一样，被我的阿公黄水木当成练拳头的沙袋哩！

正当沉浸在新发现的秘密之中时，我又观察到了一件奇怪的事。不知道从什么时候开始，坐在前排的人开始传递着一个黑色的小布袋，上面有一个红色的小十字；接到小布袋的人都会把手伸进去，再伸出来，然后再传给下一个人。

教堂真是一个高深莫测的地方，神奇的事情一件接连着一件，先是令人找不着的厕所，接着是长得很像空茂央仔的"天顶的父"，现在又是神秘的黑布袋。

不一会儿，黑布袋已经传到教堂中间了。牧师依然气定神闲地在台上讲演着；武雄那个虚伪的小孩捧了一本圣经在大腿上翻看着；我的阿公黄水木仍旧精神奕奕地准备随时抢在众人前面站起来；只有火炎仔跟我一样注意到了这件奇怪的事情，我们的目光都紧紧地跟随在那一个起起伏伏的神秘黑布袋上面。

等到小布袋快传到最后一排的时候，火炎仔终于沉不住气了，他用力挖了几下鼻孔，然后张开他厚厚的大嘴巴，轻声地问阿公：

"喂，水木仔，吟嘛是要创啥？"

阿公用眼角的余光扫了火炎仔一下，然后将手指头架在嘴巴上。

黑布袋愈来愈接近我们了，火炎仔的屁股开始扭动起来，并且左右开弓地把手指头挤进大鼻孔里，挖出了很可观的成果：

"喂——水木仔——吟嘛是要摸彩是唔？"

我的阿公黄水木终于按捺不住了，他用力地撞了火炎仔一肘子："你哭爸啊！"

火炎仔安静下来了，他微微张开他的大嘴巴，用一种很茫然的眼神，看着教堂前方，吊在半空中的"天顶的父"。阿公露出了满意的神情。

这个画面令我非常难过，因为，我的阿公黄水木并没有发现，刚才他这一下正好撞在火炎仔的手指上，所以，火炎仔从鼻孔里掏出来的那些像煤渣似的东西，就粘到阿公的白袖子上了。

　　神秘的黑布袋终于快要抵达终点了⋯⋯

　　阿公隔着中间走道，从左边那一排人的手上接过那个沉甸甸的黑布袋，然后，我们全都听到了从袋子底部传出来的，一阵清清楚楚、稀稀哗哗的，银角仔在互相推挤碰撞的声音。

　　我的外公黄水木，烧水沟的头号剃头师傅，是一个观察力很强的人，接过黑布袋之后，他只迟疑了半秒钟，就和之前的人一样，将手伸进袋子里，蜻蜓点水一般，又伸出来。

　　火炎仔也把他挖鼻孔的手伸进去，才刚放进半截手掌，便立刻伸了出来，然后交给我。

　　我把袋口撑开来，看见里面有许多闪闪发亮的银角仔，还有好几张伍圆的和拾圆的纸钞呢！我发现我的阿公黄水木已经在用他老花眼镜背后的眼珠子侦察我了，只好赶快把黑布袋口收束好，传给最后的一棒——武雄。

武雄揪住黑布袋，不知道该怎么办，就把它放在座椅旁边的空位上。

过了好一会儿，在牧师带领大家祷告之后，我们一张开眼睛，抬起头来，便注意到，在最前面一排的座椅上，有一个人回过头来看着我们，好像在找什么东西的样子。

过了一下子，他又回过头来看了我的阿公一眼。

我的阿公黄水木是个悟性颇高的人，他很快就领会了那个眼神的意思，于是便指示武雄赶快把绣了红色十字架的黑布袋交到前面去。

武雄拎起小布袋，正准备出发的时候，风琴悠扬的乐声又响起了。所有的人又手捧诗歌站立起来，武雄刚踏出一小步，阿公便叫他等一下，等到唱诗结束之后再去。

众人正严肃地唱歌的时候，武雄偷偷地问我黑布袋要交给谁。我看了"天顶的父"一眼，告诉他交给教堂前面的牧师就可以了。为了怕武雄不相信我，我还特别举了空茂央仔和他的乞丐徒弟做例子；我说，就像那群乞丐把袋子里的东西全部交给空茂央仔一样，我们也要把东西交出去，等牧师拣选完了之后，剩下的才是我们的。

风琴声结束了，大家坐下来之后，最前排的那个人（后来我才知道，他就是教堂的杨执事，是个非常认真的人）又回过头来朝我们深深地望了一眼。

阿公催促武雄赶快上路。

武雄认真了起来，仿佛这就是他这辈子遇见的第一件大事似的，很敏捷地抓紧黑布袋，从我们膝盖前的缝隙钻出去，才刚踏上教堂中央的走道，牧师竟又开始祷告了，所有的人也跟着合手，低下头来。

原本还有点迟疑的武雄，在大家都低头祷告的时候，见机不可失，便一溜烟地跐着脚尖勇往直前。到了牧师的讲桌下方时，祷告尚未结束，武雄回头看了我一眼，他的表情充满了迷惑。我对他点点头表示加油。

武雄的双手微微颤抖了起来，他一手束着袋口，一手拎住底端往上提，然后，就在大家异口同声说"阿门！"的时候，"哗"的一声，武雄放开他紧捏袋口的那只手，银角仔和钞票像金珠仔一样掉落下来，狠狠地朝四面八方滚去……

然后，武雄就出名了。

接下来收拾的景象，因为太过恐怖，所以我好不容易，费了九牛二虎之力才把它完全忘掉的。

徒弟

自从阿公正式成为教友之后，每隔七天的那个早晨，就在第一班火车即将喷着白烟呜呜地离去时，我的阿公黄水木就会把脚伸进我的床板底下，然后用木屐的鞋头往上勾好几下，发出砰砰磅磅的声响把我叫起床、换上干净的衣服，准备上教堂做礼拜。后来，等我长大了之后，每当听到有人说礼拜天是安息日的时候，我还会没来由地，感觉有人用脚在我背后踹了好几下呢！

我的阿公黄水木应该算是一个很虔诚的信徒吧，有一年的感恩节礼拜，我就曾经亲眼看到他把一张绿油油的佰圆大钞塞进奉献袋里去；彼时，他的表情显得非常平静，眼神非常清澈，并不像是一时冲动或拿错钞票的样子。

阿公说，去教堂听道理是很好的事情，早知道的话，他从小就要去做礼拜了。（他说这句话的时候一直看着我。）

自从信教之后，阿公不但跟我一样学会了ㄅㄆㄇㄈ，连歪七扭八的罗马拼音都难不倒他了。有一次，剃头店烧热水的小炭炉被野猫掀倒，酿成了一场小火灾；幸好，火苗烧到墙上的那一张耶稣挂像的地方就停熄了，最后只烧掉了下半边的木框，画像则是毫发无伤，完整如昔。这个不大不小的奇迹引来不少人的围观，连周牧师和杨执事都曾经骑了铁马来亲眼看过哩。牧师来过的隔天，武雄他阿爸火炎仔还带着他去教堂跟牧师娘讨了一张一模一样的耶稣画像回来挂在客厅，好像巴不得他们家也赶快烧一次看看似的。

为了省下读幼稚园的钱，上小学之前，我和武雄就在杨执事的谆谆教诲，和牧师娘的"肉酥配糜"的长期灌溉下，慢慢地长得像小树一样了。

那段日子，每星期一到星期六的早上到中午十二点，我和武雄就跟孝男面[85]仔、三八阿久仔，还有阿都仔那票可怜虫一起挤在一间小教室里，呼吸着杨执事那一头又黑又亮的发膏臭味。

孝男面仔的外号是火炎仔取的，其实他一点也不爱哭，只不过，孝男面仔他阿爸经常在教堂里祷告之后泪流满面，抽泣不已，所以，火炎仔才给他取了这个绰号。

三八阿久仔是一个和武雄一样黑黑的恰查某[86]，说起话来像火鸡母一样嘎嘎叫。她的左边头发用一条红色的缎带扎起了一条老鼠尾巴似的小辫子，看起来就像一个很爱漂亮的三八查某。三八阿久仔的丰功伟业，就是曾经在玩踢罐子游戏时，用她那只穿着白丝袜、红皮鞋的右脚踢中了武雄的小鸟，那也是武雄生命中唯一的一次在教堂里跪着流下泪来。那次踢"罐子"事件之后，三八阿久仔虽不能感同身受，却也热泪盈眶地跟牧师娘告解了半个小时。怪的是，经过这次事件之后，三八阿久仔跟武雄两人不但化敌为友,并且友谊蒸蒸日上到了目中无人的地步。两人不只上课坐在一起,下课玩游戏也是当然的同一国,就连牧师娘分糖果的时候,也要互相挑三拣四地换来换去像对小夫妻似的,严重影响了教堂的神圣和庄重。

至于阿都仔的外号则是大家一致同意的。阿都仔是一个白子,头发白、眉毛白、皮肤白、牙齿白……有一次,大家猜拳玩捉迷藏,阿都仔猜输了,武雄冲着阿都仔一直大喊:"哦,你是鬼!你是鬼!"恰巧被周牧师听到了,还把武雄叫去好好开导了一番。阿都仔经常带牛奶糖来上学,所以人缘很好。他还有很多的图画书,因为他妈妈说他不能出去晒太阳,只好在家里看书。

说起鬼,我就想起了周牧师说的一个笑话来了;印象中,这也是牧师所说过的故事中,唯一令我难忘的。

周牧师说,从前,有一个外国牧师到外地旅行,住宿在一间鬼屋里,到了夜晚躺在床上睡觉时,鬼出现了。慌忙之中,外国牧师在黑暗中摸到了床头上的圣经,向鬼掷去，鬼竟然不怕；接下来，外国牧师又取下项链上的十字架高高举起，鬼依然不怕。情急之下，外国牧师将手伸进公事包里，随手抓住一个奉献袋，还没拿出来，鬼就一溜烟地逃跑了。讲到这里，周牧师形容说："呛输去看到鬼咧！"

这个故事令我印象深刻的地方，除了那个外国鬼让我想到火炎仔之外，另外一个原因则是我当时就一直纳闷着：鬼有什么好怕的？

自从多年以前，乞丐头子空茂央仔安安稳稳地住进林家鬼厝之后，烧水沟的人就愈来愈不怕鬼了；特别是像我这样，曾经不止一次地看到空茂央仔陪着他死去的养父、母（也就是阿公的继父和亲生阿母），在太阳下山之后出来散步的人，更是看不出来鬼有什么可怕的。

也许，因为我已经看得很习惯了，所以不会像派出所所长虎尾李仔那样，偶尔看到一次就绘声绘影地四处向人张扬，说自己活见鬼了。

其实，看见鬼的好处也不少，至少，当杨执事在我们儿童主日学班上讲到耶稣死在十字架上又复活的故事时，我可是一点都不曾怀疑过哩！

关于耶稣复活的事，我不知道我的阿公黄水木有没有怀疑过，至于火炎仔可是从头到尾都不相信，照算命仙仔阿川伯公的说法，火炎仔这种人是"铁齿铜牙槽[87]"，"有嘛要讲到呒"的家伙。

有一阵子，每到黄昏的时候，阿公的剃头店就变成了一间小教堂了。就在阿公送走了最后一位来理发的客人，火炎仔炊完最后一笼红龟粿的时候，算命仙仔阿川伯公便会像白鹭鸶似的从椅条仔上放下他的一只细脚，拎着一台巴掌大的收音机从大树公那边走过来了。

于是，烧水沟剃头店的黄昏团契就开始了。主讲人就是我的阿公黄水木，参加者除了火炎仔、阿川伯公之外，有时还包括武雄和他阿母丽霞仔以及弟弟武男，阿妈和我则是当然的听众，只不过，我们听的是算命仙仔阿川伯公的收音机。

阿公开讲的时候，我就负责保管算命仙仔的电晶体小收音机；阿公一边讲，我就一边把那个长方形的黑色小盒子转得滋滋作响。这时候，凉亭仔脚的癞皮狗姆达也竖起了耳朵走进来，趴在阿妈的小板凳旁，准备听俊荣仔的广播剧《爱的心声》了。

"咳，咳。"阿公清清嗓子，喝一口麦仔茶，便正式开讲了："卡简单来讲，耶稣就是外国个好人啦，嘛是阿都仔个神啦，拢同款[88]啦，就是劝咱做人要做好，呒通做歹；做好人后摆死去上天堂，做歹就下地狱，稳死的啦，绝对乎恁呛假仙[89]哩！"

阿公说完开场，便把头转向算命仙仔阿川伯公："信这基督教搁有一个好处，免烧香，免烧金，后摆死去免人拜。"阿公说到这里特别对阿伯公使了一个眼色，"若亲像有人没某没猴的，或者是像我按呢没生查甫的，后摆死去拢免人拜，直接上天国，舒适搁好势，方便搁免纳税……"

听到这里，在阿公期待的大牛眼注视下，终身未娶吃长斋的阿川伯公很温和地点了点头。

这时候，伴随着老旧收音机滋滋如雨的声响，一阵低沉的萨克斯风乐曲传来，《爱的心声》的主题曲《怎样会是我》已经唱了一半了，哀怨缠绵、如泣如诉的男女对口唱把剃头店内的空气转换成了另一种味道。

或许是气氛的关系，阿公的语调也哀伤了起来：

"耶稣被钉死在十字架顶头，伊就是替咱大家死的，真正凄惨可怜……好加在，耶稣死了后搁过三天就活过来啊，继续向伊的门徒讲道理，搁继续讲四十天，才坐在云顶升去天国，感谢上帝，咱天顶的父……"

说到这里，阿公注视着火炎仔，火炎仔的眼睛眨了又眨，嘴巴张得大大的。

广播剧《爱的心声》主题歌已经唱完了，俊荣仔又鼓起他那如同吃了迷幻药一般的离奇嗓音，开始描述男主角金龙和女主角彩霞初次约会时，那天雷勾动地火的刹那：

"这从头至尾，拢亲像一场梦同款，任伊金龙按怎甲想，按怎甲思考，都没法度[90]甲理出一个所以然……这个彩霞赡输将伊金龙仔带入去一个迷宫同款……这个时阵，彩霞一个箭步甲踏偎来，来揽住伊金龙仔的腰，将嘴唇挂偎来……金龙在一阵的迷乱当中亦狂热了，伊真想要吸收伊彩霞口中芬芳的香味，两个人你看我、我看你，互相在凝视着对方的目睭……金龙的眼神当中，犹原有一股无法度来破解的疑惑，突然间，伊将彩霞仔推开——"

俊荣仔说到这里的时候，小收音机突然传出一阵唰唰唰的杂讯，打断了精彩的剧情和柔美的背景音乐。

火炎仔摇了摇脖子，阖上大嘴巴。他的眼神就像俊荣仔所说的"有一股无法度来破解的疑惑"。

"呒影啦，我讲水木仔，那是牧师在骗囝仔的，你也讲甲亲像真的咧，"火炎仔讲到"囝仔"的时候，还特别看了我和武雄一眼，"人死就死啊，哪有可能搁活过来，骗人呒曾死过哦？"

"哪会呒影？"我的阿公黄水木有点上火了，他转而面向阿伯公寻求支援。

阿伯公阖上眼，正在为难时，火炎仔又说道：

"按呢啦，吟嘛你死一摆乎阮看迈，看三天后会搁活跳跳呦？呒免问仙仔啦，仙仔你免惊，后摆你若死了后，我连甲你送上山头，初一、十五搁烧一大包乎你开，免惊！"

这下阿公可是真的生气了。他的眼睛泛起红色的火光，脸颊上的肌肉像一只胖眼镜蛇似的扩张开来，鼻孔的形状也变成了两个黑黑的正圆形。

这个场面让我紧张了起来，不知不觉地便拨动了收音机上的转盘，忽然间，小小的喇叭竟发出了比刚才高出两倍以上的音量，而且一点杂音都没有：

"没神经啊——没神经，肝脏没神经，一旦硬化真不幸。黑君牌肝肺丸，治疗你的肝，调整你的肺。肝若好，人就勇；肺若通，人就爽。肺部若无健康，真快你就见祖公哟——"

正当阿公快要将那股火气转而喷向我的头上时，阿妈适时地从灶脚端出两大盘油葱粿和炒米香来，并且热心地将竹筷子分给在场的每一个人，这才化解了我差点扫到台风尾的灾难。阿妈亲切地招呼大家吃东西，那个模样，倒很像一位称职的牧师娘呢。

类似这般，业余牧师黄水木的布道大会总是在不太愉快的冲突，以及非常和谐的吃食当中草草结束。

其实，我倒是蛮同情我的阿公黄水木的。人死了会不会复活我不知道，可是，人死了之后变成鬼，还照样活跳跳的，倒是千真万确的事情。

我第一次看见鬼的时候，阿公正好在举行他的黄昏布道大会。当时，阿公手捧我的儿童圣经注音本，很有精神地朗诵着浪子离家出走的故事。就当他扶着老花眼镜，吃力地念着"神爱罪人，并且赦免……"的时候，空茂央仔正好往剃头店的门口走来。

念到这里，火炎仔插嘴进来，打断了阿公的国语布道：

"等咧，等咧，水木仔，你讲啥么'赦免'是在创啥的？"

阿公瞟了火炎仔一眼，没理会他。

"等咧，等咧，水木仔，你是在念啥听拢呒[91]，讲甲雾煞煞[92]!"火炎仔再次干扰了业余牧师黄水木的讲道。

"听呒你就继续听就对啊,你按迌吵东吵西是在哭爸哭母是呣!"阿公终于忍不住摘下老花眼镜对火炎仔斥责道,说着说着一口痰便涌了上来。

我的阿公黄水木怒气未平地放下圣经,走到门外的凉亭仔脚上,胸口炸出一阵喀喀啰的声响,把一口浓痰逼上了喉头。就在这个时候,空茂央仔刚好走到剃头店的门口,在他的身后,还有两团淡淡的人影——一个老阿公和一个老阿妈。

威风凛凛的乞丐头子空茂央仔停下脚步来,和阿公对望了一眼。

正在气头上的阿公见到迎面而来的空茂央仔,仿佛找到了一个发泄的对象,只见他深吸了一口气,"呸"的一声,将那口痰吐在空茂央仔后面,穿过那个老阿妈的身体之后,才掉到地上去。

"呸,真衰,遇到空仔。"阿公又补了一句,才转身走回剃头店来。

空茂央仔默默无语，继续向前走去，等"他们"走远了之后，我才想起来，刚才那个老阿妈竟长得跟阿公挂在神桌旁的那张炭笔画像一模一样。没错，她就是阿公的老母，也就是我的查某祖。

经过刚才这一幕，火炎仔安静下来不敢再插嘴了。看到我的阿公黄水木竟然对人见人怕的乞丐头子空茂央仔吐了一口痰，并且直呼为"空仔"之后，火炎仔心中顿时升出了无限敬畏，一直等到讲道结束，都没有再发出半点疑问。

在阿公热衷于讲道传福音的那段日子里，我和武雄最喜欢的课外活动，就是到空茂央仔的林家鬼厝去探险。

每天中午，儿童主日学结束之后，我和武雄各自回家吃完中饭，就说杨执事叫我们去教堂写功课，然后再拎着小布包溜到鬼厝那里去混一个下午。一直等到黄昏的夕阳开始滑向烧水沟时，我们才匆匆地赶回剃头店去，听我的阿公黄水木朗诵圣经故事。

鬼影幢幢的林家古厝正是全烧水沟最适合鬼混的地

方。除了空茂央仔、猬腰仔、哑巴芬仔和经常来来去去的乞丐徒弟之外，住在林家古厝的鬼至少也有一打以上。

这些鬼都穿着生前的衣服，他们大多待在固定的地方，而且多半不太爱理人。

不过也有例外的，譬如住在古井底下的水鸡土仔就很喜欢我们去找他。水鸡土仔的年纪跟火炎仔差不多，很喜欢找人说话，每次去古厝的时候，我都会先到古井那里去，把头伸到井口里面，跟水鸡土仔打一声招呼。

可惜武雄看不见鬼，也听不到他们说的话，要不然，他一定不敢站在井栏上往下小便的。

为了教训武雄这个不敬鬼神的东西，并且替水鸡土仔出一口气，有一次，我就和水鸡土仔商量了一个办法，让武雄付出了一点小小的代价。

有一天，我告诉武雄说，这个古井很灵验，如果把东西丢下去，然后站在井口边大喊一声："我是憨猪！"那么，丢下去的东西就会再从井里倒弹出来。

接着，我就从口袋里掏出一个干乐，从井口丢下去，然后用手掌圈在嘴边，大喊了一声；说时迟，那时快，水鸡土仔立刻就把我的干乐抛回来了，连井水都还没沾到呢！

这下武雄大感兴趣了。他先是丢下一颗金珠仔，然后也依样画葫芦地叫喊了一番，果然，金珠仔立刻从井口飞出来，掉在一旁的草地上闪闪发亮着。接下来，武雄好像中邪了似的，把小布包里的东西全抖了出来，削铅笔刀、橡皮擦、烧了一半的蜡烛、注音练习簿、红龟粿……全部拿出来一一试验，结果屡试不爽，所有丢下去的东西都从井底飞了回来。

到了最后，武雄终于把那从不轻易示人的，一直放在上衣口袋里的一元铜板拿出来了。

武雄不愧是"铁齿铜牙槽"火炎仔的长子，他把那一元铜板放在手掌心里磨得出油了，然后上下左右地摇动几下之后，用一种非常骄傲的表情看着我，再把手伸到井口正上方，双掌松开一道缝隙，铜板咻地滑落井底。

这下任凭武雄他怎么呼天喊地也不得不承认，钱财乃是身外之物了。

一开始，武雄还颇为镇定，只是略显讶异地问我："哪会按迟？"

我耸耸肩。

接下来，等到武雄恢复正常之后，急得差点想要跳到井底去把一块钱捞上来，要不是我及时拉住他的话，水鸡土仔可就有伴了。

终于，武雄冷静下来了。他只能无奈地踮着脚尖趴在井栏的红砖墙围上，把头探向井底的那一泓清水，对着自己的倒影不停地喊叫着"我是憨猪！我是憨猪！……"而已。到了后来，连井底传出的回声都开始沙哑了，那声音遥远而凄凉，只可惜没人性的水鸡土仔依旧不为所动。

对了，那一块钱铜板，后来被我从水鸡土仔手上要了回来，拿去买了一大包咸橄仔，啃到嘴角都快破皮了呢！

另外，住在大芭乐树上的倒吊拔仔也是一个很有趣的家伙，他长得有点像大庙里面的那个顺风耳，而且，特别喜欢偷弹别人的耳朵，或者是看别人互相弹耳朵。

有一次，在大芭乐树下，我告诉武雄，只要他让我弹十下耳朵而不喊痛，那么，树上就会自动掉一个芭乐下来。武雄想了一下，竟然被他想通了；他说，为什么不是我让他弹十下呢？

我说一定要弹他的耳朵才有效，而且，弹得愈用力，掉下来的芭乐就愈大。武雄不信，于是我就叫他弹我的耳朵试试看。

"一！二！三！……"武雄认真地数着，而且，很明显地，他心中想的是"特别大"的那种芭乐。

好不容易十下弹完，我们两个都咬着牙，抬起头来看着树上纹风不动的芭乐，好像一颗颗绿色的灯泡似的高高垂挂在半空中。

"你看，早就甲你讲过啊，要用你的耳仔才有效啦！"我装作若无其事的轻松模样对武雄抱怨道。武雄那个败家子下手倒是挺爽快的，结结实实的十下弹在我的耳轮上，好像给我上了一层辣椒油似的。"快咧，呤嘛换你啊——"

武雄在受难之前，往天空望了一眼，树上高高的芭乐也像一颗颗泛着青光的眼珠子在望着他，彼此相看两不厌。

"一！二！三！……"我也开始一丝不苟地数了起来。武雄紧闭双眼，脖子缩了，嘴巴也歪了，那表情好像是含了二十颗酸梅似的，而且还一直闪躲着往下蹲去，大大地影响了我的工作进度。"六！七！八！……站卡好咧，'八'呒算……八！九！……"

断断续续十下弹完，我和武雄都露出了欣慰的表情。就在武雄睁开眼睛的刹那，一个小小的、暗绿色的、长了许多黑麻点的芭乐掉落在我们两个之间。我把芭乐从地上捡起来，交给武雄。

"哪会迕小粒？"武雄失望道。

"拢是你啦，惊甲要溜尿啊，站也站狯好势，害我呒敢出力！"我从武雄手上接过那颗差强人意的芭乐，往远处甩去。

"搁一摆[93]！"武雄望着天边一颗肥硕油亮的芭乐对

我说道，语气非常骁勇。

"好啊。"我淡淡地回答道，正准备上工时，武雄突然喊停：

"等一下，等一下。"

"创啥？"

"等一下，换边。"

"快啦，我的手会酸咧！"

武雄调整好姿势之后，再次闭上双眼，并且用手掌紧紧地捂在嘴巴上。

"一！！二！！三！！……"我狠狠地圈起手指，差点把指甲给刺进指头里去了。弹了三下之后，我问武雄要不要休息一下，武雄的眼睛眯得比嘴巴还紧，点点头。

我抬起头来对芭乐树上的倒吊拔仔使了一个眼色，倒吊拔仔很利落地垂下身来，倒吊在树枝上，把一颗又大又脆的芭乐交在我手上，然后才向武雄伸出魔掌……

"四！！五！！六！！……"我继续数下去。

终于，十下数完，倒吊拔仔像荡秋千似的又缩回树枝里去了。

我把手上的芭乐伸到武雄前面，好让他在睁开眼睛之前，先闻一闻那股清香的味道。

"哇，真的迟，足大粒的芭乐迟！"

那天傍晚，武雄顶着两片红龟粿似的耳朵回到家里，丽霞仔问怎么回事，我灵机一动，说是杨执事处罚武雄不会算术造成的。"打乎死好，呒路用的脚数，死一个减一个！"火炎仔幸灾乐祸地说道。丽霞仔则不以为然，她哼了一声道："别人个囝仔死赊了！"便去取来烧烫伤药膏给武雄抹了厚厚的一层在耳朵上，好像在涂猪油似的。

那天晚上，武雄和我便得到了生平的第一块垫板。那是一块双面贴了塑胶薄膜的纸垫板，正面是一只太空飞鼠，背面除了印有九九乘法表之外，还有注音符号ㄅㄆㄇㄈ……丽霞仔买垫板给我们，叫我们要好好背熟，才不会被杨执事处罚。接连几天下午，武雄却依然红着两只耳朵回家，为了好好地吃几颗又大又脆的芭乐，武雄几乎已经被左邻右舍断定为一个智商不足的小孩了呢！

一直等到学习九九乘法的这一年,我才正式成为一名乞丐的。就在我和武雄得到垫板之后没多久,我们在林家鬼厝的芭乐树下吃了七八个大芭乐,吃得肚子发酸,两腿发软,后来,还是我灵机一动,提议烤番薯来吃。我负责用土块搭焢窑,武雄负责去偷挖番薯。那天,因为捡来的树枝还不够干燥,所以火烧得不太顺利;武雄从他的小布包里取出垫板来扇火,扇没两下,我嫌他技术太差,于是把垫板抢过来,换我扇火。武雄没事可做,便转过身去面对着芭乐树小便,当他拉开拉链的时候,芭乐树上的倒吊拔仔已经像只蟒蛇似的垂下身来,准备在武雄的耳朵上狠狠弹一家伙了。我眼见情况危急,于是立刻抛下手上的垫板,赶快跑到离武雄更远的地方,好证明刚才那下耳朵不是我弹的。没想到,倒吊拔仔那个鬼鬼祟祟的东西,见我跑开,竟然就缩回树上去,不弹了。

等到武雄平静地尿完之后,他的垫板因为太靠近焢窑的关系,印着九九乘法和ㄅㄆㄇㄈ的那一面已经被烫得一片焦黄,面目全非了。

"你看！拢是你啦，垫板烧坏去啊！"武雄捡起他的垫板抗议道。

"呒要紧啦，还有一面是好的，"我把武雄的垫板抢过来，将焦黄掉的那面塑胶膜撕下来，然后翻过面来还给武雄，"你看，这面拢还好好咧！"

"好啥么？你赔我。"武雄还不肯罢休。

"赔你就赔你嘛，叫啥么叫——"我也生气地把垫板从小布包里取出来，然后把九九乘法表和ㄅㄆㄇㄈ撕下来，丢进炷窑里烧了。

后来我才知道，武雄的意思是要我的垫板跟他的换过来，可惜，等我搞清楚的时候已经来不及了，我们的垫板上只剩下两只太空飞鼠了。

那天，吃完烤番薯回家之后，武雄他阿爸火炎仔心血来潮，说要考武雄心算，武雄一题也答不出来。火炎仔狠揍了武雄一顿之后，叫他把垫板拿出来背。

然后，我们就变成乞丐了。

火炎仔把我的恶劣行为全部告诉了我的阿公黄水木，

阿公闻言之后出奇地平静，依然维持了他业余牧师的风度。那天晚上，吃完晚饭之后，阿公从抽屉里抓了一点零钱，去大街上的文具店买了一块全新的垫板赔给火炎仔，然后宣布，他已经到空茂央仔那里去帮我们正式登记注册，从此以后我和武雄就是空茂央仔的乞丐徒弟了。为了证明自己所言不假，阿公还告诉我说，我的登记号码是第 1375 号，武雄是 1376 号。

隔天下午，在武雄的家人还有算命仙仔阿川伯公的见证下，阿公把我和武雄送上了剃头椅，用三分剪把我们两个剃成了小光头。

阿公当众宣布，这叫作"乞丐囝仔头"，因为我和武雄以后要当乞丐，可能没有机会再理发了，所以先帮我们理光头，未来就可以撑得久一点。

剃头的典礼庄严而肃穆，会场内无人交谈，只有我的阿妈林金莺红着眼眶，发出一点点哽咽的声音。

从此以后，我和武雄就脱胎换骨，变成正式的乞丐了。

我们的生活有了很大的改变，首先是我们的名字不一样了。自从阿公帮我们注册之后，我的名字变成了1375号，武雄则是1376号。

在我的阿公黄水木的大力推行之下，大家都不厌其烦地用这一串长长的号码来替代我们原先的名字。

"喂，第1375号的，去菜市仔帮你阿妈提菜回来，有听到呣？"这是我阿公的声音。

"来来来，1375号的，要大碗还是小碗的？"这是卖粉圆冰的阿进仔在跟我说话。

"75号的，76号的有在剃头店呣？"火炎仔比较不耐烦一点，所以省略了"1300"。

"1375号的！孝男面的讲伊有看到你偷吃我的梅仔，是不是你？"这是恰查某三八阿久仔在审问我。

"我呒啊，是1376号的偷吃的啦！"我大声地反驳道。

"呒是我啦，呒是我啦，是1375号的偷吃的，呒是我啦……"武雄理直气壮地吼叫起来，一张大嘴巴里，不时地露出了半截被酸梅染红了的大舌头。

另外，我们跟空茂央仔那一大群乞丐徒弟的关系也不同了。

　　自从我和武雄正式注册之后,只要在半路上遇见空茂央仔的徒弟们,我们就会主动上前自我介绍一番;怪的是,除了乞食清仔之外,大部分的乞丐竟然都不理睬我们,好像对我们的小光头很不以为然似的。乞食清仔的风度就好得多了。我和武雄很喜欢跟在他后面当见习生,四处去捡东西,一面走,还一面学乞食清仔唱起哀怨绵绵的《乞食调》:

　　　　父母生阮四界趖,
　　　　乎人看轻呒问题;
　　　　活在世间要忍受,
　　　　命中注定免忧愁……

　　唱的时候,要配合步伐,不能抢拍子,才可以把呼吸调整得恰到好处;丹田顺畅了,才能一路唱下去,而且愈唱愈浓稠,好像在煮糖水似的。路走得好,走得远,是当一个好乞丐的第一步,这些都是乞食清仔告诉我们的。

怪的是,我们跟在乞食清仔后面那么多次,却从来不知道他住在哪里。不论我们走了多远,走了多久,到了接近黄昏的时候,乞食清仔就会把我们带回到剃头店附近,然后跟我们挥挥手,于是,我和武雄就只好像两只笨鸽子似的钻回自己的笼子里去了。

有时候,遇上乞食清仔的花布袋子装满了,我们也会跟着他去林家鬼厝,一路直闯第二进房的正厅,看着乞食清仔恭恭敬敬地把花布袋子里的东西倒在空茂央仔面前。

彼时,空茂央仔就端坐在面向厅门的太师椅上,厅房两侧各有一张大椅条仔,一边坐着猎腰仔和哑巴芬仔,一边坐着两三个年迈的老乞丐。通常,空茂央仔只是象征性地站起来,绕着地上的一大堆杂物走一圈,然后又坐回太师椅去。偶尔,空茂央仔也会拣起一个油亮平滑的竹枕头,或是一个断嘴的陶制茶油罐。空茂央仔拣完了,就轮到猎腰仔和哑巴芬仔,接下来才是那些老乞丐们。猾腰仔比较喜欢拣衣服，哑巴芬仔专门收集各种梳子，至于老乞丐们，最喜欢的就是香烟屁股和火柴。

等到空茂央仔他们都挑完之后，乞食清仔才把剩下的东西一一装回大布袋里去，然后恭敬地退出厅门外。这个时候，就是我和武雄最幸福的时刻了。

才一出林家鬼厝，我和武雄就吵着要乞食清仔把布袋里的东西再倒出来让我们拣好玩的东西。

乞食清仔的袋子里永远有令人惊喜的东西：会爬竹竿的木头人、跑起来喔喔叫的消防车、上了发条便蹦蹦跳的小鸭子、几乎完好的布袋戏尪仔，以及栩栩如生的飞鼠标本等等。为了争夺喜欢的东西，我和武雄往往吵来吵去、推来推去，接着就真的打来打去了。现在回想起来，我们的表现实在不算是训练有素的乞丐哩！

一直到现在，只要有人提起圣诞老公公，在我脑海里浮现的，总还是乞食清仔背着一只鼓鼓的大布袋，不停地穿梭在烧水沟大街小巷的模样。

但是，阿都仔的图画书上可不是这么说的。

阿都仔他妈妈说，因为他不能出去晒太阳，所以买了好多彩色的图画书给他在家里看。去阿都仔家看图画书是我童年最甜美的回忆之一。阿都仔他妈妈淑华仔很喜欢我们去她家陪阿都仔，这样阿都仔就不会吵着要出去找其他的小朋友玩了。我和武雄也很喜欢去找阿都仔，因为每次去那里，淑华仔都会端出好多好吃的东西来给我们吃，什么梅仔糕啦，柿子干啦，咸肉饼啦，猪肉角啦……光是看就觉得很幸福了。所以，当我第一次在阿都仔家读到《卖火柴的女孩》时，就打从心底觉得特别地感人。

关于圣诞老公公，图画书上说，那是一个名叫尼古拉斯的外国人，有次为了帮助一个贫穷的人，于是把一袋金子从窗户扔进去，刚好掉到一只晾在壁炉上的袜子里，故事流传开来，就变成现在的圣诞老公公了。到了现在，在平安夜的时候，小孩子们总会挂起一条长长的袜子，希望圣诞老公公会送来一个大大的礼物。

我可不这么认为。

那个叫作尼古拉斯的是外国的圣诞老公公，至于我们烧水沟的圣诞老公公嘛，一定就是乞食清仔，绝对错不了的。

到了平安夜的时候，乞丐头子空茂央仔就会派出乞食清仔扛着一大袋的礼物，在深夜里偷偷塞进我的长袜子里。

我把乞食清仔的秘密说出来之后，武雄那个笨蛋竟然不相信。我懒得理他了，还好阿都仔是站在我这一边的，所以，我就跟阿都仔约好了，在平安夜的那天晚上，我们都要挂起阿都仔跟他妈妈偷拿的长毛袜来装礼物。武雄说，到了那天晚上，他会记得放一块红龟粿在我的臭袜子里给我吃。

我们每次去阿都仔家，都会待上很长的时间，不到最后会挨揍的关头，绝不轻言回家。有时候，我觉得，如果每天都有那么多好吃的东西的话，不能出去玩也没什么关系了。可是阿都仔却不这么想。

阿都仔非常羡慕我们每天下午都可以去空茂央仔的

鬼厝那边鬼混，或者是跟大人们到傍晚的烧水沟里洗澡。阿都仔说，黄昏的时候，阳光就不会那么赤焰焰的，而且，洗澡的时候，身体是泡在水里的，所以他也可以去。可惜淑华仔不这么想，依然不准阿都仔出门去。有一次，阿都仔吵得特别厉害，被他爸爸大炳仔打了一顿。阿都仔挨揍之后，隔天大炳仔就买了一台迷你脚踏车给他。可是，只准阿都仔在家里的走道上骑来骑去，连凉亭仔脚都不准上去。

阿都仔的脚踏车可让我跟武雄羡慕死了。那阵子，每天下午，我和武雄都跑去找阿都仔，叫他教我们骑脚踏车。

一开始，我们像鸭子似的用两只脚在地上一前一后地滑来滑去，然后又用一只手贴着墙壁慢慢骑着；就在我快要学会骑的时候，武雄那个笨蛋忽然跳到车后座上，害我失去了平衡，结果狠狠地撞到阿都仔他们家的神明桌脚。一只红色的玻璃大花瓶掉到地上砸碎了，满地的玻璃碎片和花瓣像刚放完一串喜炮似的炸散开来。

于是，我和武雄的好日子就结束了。我们成了不受欢迎的人物。武雄那个败家子竟然还怪我害他额头上撞了一个鼓鼓的包呢！

为了重享骑脚踏车的美好时光，我和武雄只好死缠着乞食清仔。

"乞食清仔，你送阮一台脚踏车好唔？"武雄大言不惭地说道。

"憨囝仔，我是乞食呢，要去叼位生一台脚踏车乎你？"乞食清仔拄着他的打狗棒，不疾不徐地向前走去。

"乞食清仔，你带阮去捡脚踏车好唔？"我觉得我的说法比较内行一点。

"三八囝仔，脚踏车要去叼位捡？我做乞食一世人啊，连一个车轮仔嘛呣曾捡过。"乞食清仔头也不回地说道。

远远地，送信的邮差穿着一身绿色的制服，戴着一顶灰色的胶盔，咿咿歪歪地骑着他的黑色大铁马朝我们的方向靠近了。

大铁马的链条发出紧绷而干涩的哗哗声，好像在偷笑似的。

突然间,我觉得邮差好像一个绿色的圣诞老公公似的,载着一大袋神秘的礼物从我们的面前经过了。

我心想,再好的圣诞老公公也不会把他的交通工具当作礼物送人吧?或许这就是平安夜只能挂袜子的原因,况且,就算挂出一个面粉袋也装不下一台脚踏车啊!

邮差骑着他的大铁马,就像坐在风火轮上似的,才一眨眼工夫,就变成一个粉圆大小的黑点往远方滚去了。

我突然羡慕起周牧师来了。

周牧师的脚踏车是从哪来的?是不是"天顶的父"送给他的?如果我长大之后当了牧师,是不是就能分到一台脚踏车?可不可以只当牧师而不抹又黏又臭的发膏呢?

这样想着的时候,我突然觉得空茂央仔就站在不远的地方瞪着我。身为空茂央仔旗下登记第1375号的正式徒弟,岂可长他人的志气而灭自己的威风呢?做乞食的当然就要用走路的才正统,骑着一台大铁马成天鬼鬼祟祟的像什么样?

想到这里,我不觉地抬头挺胸,步伐也坚定了起来。

倒是武雄那个一身背骨[94]的败家子还不死心,一味地缠着乞食清仔讨脚踏车;到了后来,乞食清仔烦了,只好把大布袋放下来,取出一个会打鼓的铁皮猴子来送给武雄。

这下武雄得意了。他把猴子背上的发条转紧,一放手,那只坐在地上、戴着一顶七彩小丑帽的铁猴子就卖力地舞动着手上的鼓棒,一上一下地敲打起来,束在腰上的小铁皮鼓很规律地发出"咔、咔、咔、咔"的金属声响。

"换我玩!"我一个箭步靠上前去。

"免猜想[95]!"武雄立刻弯下腰去一把捞起还在尽情打鼓的铁猴子。

"背骨的!"我对武雄斥责道。

"按怎,我就是背骨的——"

武雄站到离我远远的地方,才继续给铁皮猴子上紧发条。

咔、咔、咔、咔……

隔天,武雄那个得意忘形的东西还把铁猴子带到我们的儿童主日学班上展现一番,除了三八阿久仔之外,任谁也别想碰它一下。

为了铁猴子的事情,我和武雄有好一阵子都不讲话,谁也不理谁,上学、放学也是各走各的。

有的时候,我还是会一个人跑到林家古厝那边去找水鸡土仔和倒吊拔仔,独自消磨一个下午。偶尔,我也会默默地跟在乞食清仔后面,漫无目的地想要捡到什么有趣的东西。

怪的是,烧水沟好像突然变大了。

我跟在乞食清仔身后,听他重复唱着:"父母生阮四界趖,乎人看轻呒问题……"心中突然升起了一种空旷无边的感觉。

不论走了多远,走了多久,我似乎都还能听到武雄不断地给铁皮猴子上紧了发条,然后发出"咔、咔、咔、咔"的铁片撞击声。

远远地,送信的邮差穿着一身绿色的制服,戴着一顶灰色的胶盔,咿咿歪歪地骑着他的黑色大铁马朝我们的方向靠近了。

大铁马的链条发出紧绷而干涩的哗哗声，好像在偷笑似的。

邮差骑着他的大铁马，就像坐在风火轮上似的，才一眨眼工夫，就变成一个粉圆大小的黑点往远方滚去了。

我跟在乞食清仔身后，默默地望着邮差自一望无际的地平线上消失了，突然间，我觉得我一点都不想要脚踏车了。

我的脑袋里一片空白。

乞食清仔领着我，好像带了一台录音机往远方走去了。

一直等到学习九九乘法表的这一年，我才正式成为一名乞丐的。

在我当上乞丐徒弟之后没多久，有一天傍晚，家家户户正在吃晚餐的时间，派出所所长虎尾李仔带了七八个员警到林家古厝把空茂央仔押走了。

后来，烧水沟街上的乞丐一天天地减少了，最后，连乞食清仔也不见了。

我的头发又长高了。

那一年的圣诞夜,我把阿都仔送给我的长袜子挂在凉亭仔脚外面的大榕树上,隔天起床之后,我把袜子取下来看,里面空空的,连一块红龟粿都没有。

后来,我和武雄又开始说话了,不说也不行,因为他们家被火烧了,全都住到了阿公的剃头店里。火炎仔一直怪我的阿公黄水木害他的房子被烧光光了,因为那天火烧厝的时候,我的阿公黄水木很英勇地冲进火炎仔他们家去抢救出许多东西,包括那一张耶稣挂像。

有的时候,我和武雄还是会跑到林家古厝去鬼混一下午,只是,再也看不见水鸡土仔和倒吊拔仔的踪影了。

林家古厝又重新荒废了,连半个鬼影子也没有。

每隔七天的那个早晨,我的阿公黄水木还是会把脚伸进我的床板底下,然后用木屐的鞋头往上勾好几下,发出砰砰磅磅的声响叫我起床、换上干净的衣服,准备上教堂做礼拜。在我睁开眼睛蒙蒙眬眬的瞬间,仿佛还会听到一阵火车呜呜喷着白烟即将离去的声音，其中夹杂着吆喝"便当、枝仔冰"的叫卖声，人群当中有倒提鸡鸭的，有咒骂小孩的，有追打扒手、翻墙逃票的，还有一阵"咔、咔、咔、咔"的声音从远方慢慢地向我接近……

乞食清仔送给武雄的那只戴着小丑帽的铁猴子，也在那场大火里给烧掉了。

后来，我又走过了许多地方，捡过许多东西，却始终不曾找到另外一个完全相同的。

时计鬼

这就是为什么世界上所有的手表和时钟的快慢都不一样的真正原因。每一个时计鬼都按照自己的喜好来控制指针的移动速度,除非吴西郎特别交代(例如:上课时间走快一点、下课时间走慢一点),否则那些时计鬼便会按照自己的意思躲在钟表里面作怪了。

我永远记得小学开学第一天发生的事情,那一天我认识了吴西郎。

笔直的黄土马路上,两旁是高大粗壮的木麻黄,糖厂的烟囱飘出和昨天一样的味道,麻雀在围墙上吵得正厉害;路边的蟾蜍吃力地跳了几下之后,就像一颗石头似的跌进草丛里去。武雄和我并肩走在路上,我们的书包里除了红龟粿之外,什么好玩的东西也没有,我想,那是因为我们对书包还不太习惯的缘故。

"书包是要创啥的?"过了好一会儿,武雄终于抢先提出了这个我先发现的问题,我没有理睬他。一辆载满了甘蔗的牛车从我们身边经过,那头大水牛好像知道驾车的老阿伯早就已经睡着了,所以走得很慢,害我们也提不起兴趣到牛车后面去坐一段路。我从书包里剥下一小块软软黏黏的红龟粿,用手指揉成一个小弹丸,狠狠地往牛屁股甩去。大水牛的尾巴依旧懒懒地垂在屁股上,一点感觉都没有。

"你在创啥?讨债囝仔。"武雄闷闷不乐地说道。

"讨债啥?红龟粿又吓免我开钱买。"我又搓了一丸砸在牛屁股上,大水牛仍旧不痛不痒,反而走得更慢了,好像在等我们似的。不知道是我说的话,还是大水牛的态度激怒了武雄,我看到他把手伸进了书包里,不一会儿,也捏出了一丸红龟弹,往大水牛的另一半屁股狠狠掷去:

"驶恁娘咧!"

我们的队伍,从两个人,变成了三个人和一头大笨牛。大笨牛又被我们分成两半,我们各自负责一座屁股,像是尽职的铁匠那样,一人一下,扎扎实实地轮流在牛屁股上甩红龟弹丸。

牛屁股愈动愈慢。

停了？

停了。

"闪卡开咧，要喷尿了。"武雄说着便带头倒退了三步。

"哪有？白贼七仔[96]。"我躲在牛车轮后面对武雄说。

没有动静。

武雄从另一边的车轮后面轻轻踮到前头，然后像一只乌龟那样慢慢地把脖子伸出去，准备探视那胯下部位的消息……

牛车上的老阿伯是个正直的人，即使睡着了，也坐得不偏不倚，连斗笠都不会歪掉。

我从牛车尾绕到武雄背后，出其不意地在他耳朵旁边发出一串怪声：

"刷——"

武雄像一只背着书包的虾子那样往后倒弹，他本来可以弹得更高的，只可惜他的方向偏了；更可惜的是，我还来不及抓住他,就听到他的头壳撞在车轮外的铁箍上,发出了一记清脆的金属声响。

在我还没有决定应该悲伤或是大笑的时候,我们便已经在牛车底下翻滚扭打了起来,并且牢牢地掐住了对方的脖子。

"你放手!"

"你先放!"

"你免猾想。"

"你嘛免猾想。"

除了因为脖子被紧紧掐住之外,或许我和武雄都不太愿意把牛吵醒,所以我们很有默契地尽量压低说话的声音;毕竟,在这个陷入胶着的冷战过程中,我们并没有忘记要避免被牛车辗过。

那个时候,我们都还不太清楚"上学迟到"可是一件顶严重的事情。

有一段时刻,我很期望大水牛赶快下一泡尿,那么我便有理由放开手,从牛车底下钻出来;况且,我身上穿的太子龙卡其学生服比武雄的还要新一点点，这让我有种吃亏的感觉。可惜四周一点动静都没有，我也找不到一个足以停止扭打的理由。

我们的手渐渐地都酸了，彼此只是无可奈何地勒住对方的脖子；到了后来，武雄那个败家子竟然合上眼皮，打起瞌睡来了。

在我的视线前方，一只特大号的蚱蜢低空飞过，好像一架小飞机。

武雄张大嘴巴打了一个哈欠，冒出一股番薯糜的酸味道。

一个小小的人影从牛车后方的马路上升起，正朝着我们走过来。

是一个和我们一样穿制服的学生。

"有人来了。"我用力摇动武雄的脖子。

"你免甲我骗。"武雄也在我的脖子上加了把劲。

"真的啦，不信你看。"我把手松开。

"在咀位[97]？"武雄把书包撂到背后，伏在地上往车尾的方向瞧去。

他的个子小小的，脸很白，穿着全新的制服和鞋子，连绿色的书包也是新的。

小个子向我们缓缓接近，他的手上拿着一截细竹枝，还不时地回过头去舞动着，好像在指挥什么似的。我往他的身后看去，什么也没有。我敢保证，连一只蜥蜴都没有。我的眼力好得很，这可不是随便臭盖的，算命仙仔说过，我上一辈子是只鸽子（为什么不是老鹰？）。

"真摇摆[98]嘛！"武雄抖了一下眉毛说，"甲伊吓惊一下。"

"等伊走偎来，咱连冲出去，甲伊惊甲滽屎。"我的眼睛顿时更加明亮起来。

我和武雄兴奋地埋伏在牛车底下，连大水牛也察觉到了一些不寻常的气氛，开始不安地踱着脚，鼻孔里也发出了呼呼的响声。

时间好像变慢了，每一秒钟都显得非常充实。只待他走到牛车旁的时候，我和武雄就会一鼓作气地冲出去，吓他个半死。

小个子变得愈来愈高了，武雄欢喜得发抖起来，连地上的草茎都被他扯断了……就在小个子快要走近时，那只大笨牛竟然精神了起来，忽然像吃了一鞭似的开步走去，我看情形不对，便拉住武雄的书包带，示意他提前发动突袭：

"杀——"

"杀——"武雄那个笨蛋，竟然比我慢了半拍才喊出来。

咦，人不见了？

时间好像突然变快了。

刚刚还在我们头顶上的牛车远远地朝大路的尽头驶去，小个子在牛车后面摇摇摆摆的，才一眨眼工夫，就像变魔术似的，已经领先我们好几十公尺了。

我和武雄拍拍身上的灰尘，调整好书包的位置，这时，我们清清楚楚地看见彼此的脸上都写着一句话：

"哪会按迟？"

接下来，我和武雄有生以来第一次，在毫无争执的情况下便一起向前奔去。

"喂,等一下咧!"武雄向前方的人喊着。

大水牛好像见鬼了,听到武雄这样叫喊,愈加卖力地向前驶去;车上的老阿伯死命地用手按着斗笠颠来颠去,变成了一个活力充沛的牛仔。

小个子停下来等我们。

"喂,你是啥人?"武雄把头上的橘色小帽调正,一边喘气,一边对小个子发问。

小个子不说话,见我们走近,他只是挥动着手上的竹枝,好像在指挥一群隐形的鸭子似的,嘴巴里发出窸窸窣窣的怪声。那声音忽长忽短,仿佛正在驱赶他的"鸭子"往路边靠去,以免被我们给"踩"死了。

"喂,你叫什么名?"我先开口问他。

窸窸窣窣。

"喂,你住呾位?"

"喂,你是几年几班的?"

"喂,你拿竹子创啥?"

"喂，恁爸甲你讲话有听到唔？"

"喂，你要吃红龟粿唔？"

"喂，你是人或是鬼？"

…………

我和武雄挡住他的去路，一连问了许多问题，都没有获得半个答案。终于，我们决定放弃了。"啊，我知，伊是哑巴啦！"武雄恍然大悟地对我说，我点点头，表示对这个发现还算同意。我们重新调整好书包，正准备向学校走去的时候，小个子突然开口说话了：

"走慢一点才不会迟到。"

首先让我吃惊的是，小个子说的国语，可能是全烧水沟最标准的，以至于我的第一个反应，竟然是想推选他去参加儿童节的说故事比赛。

"啥？你讲啥？"武雄走过去，摘下他的小帽。

"好话不说第二遍。"他说。

"慢慢走才赡迟到？你甲我骗痟仔！"武雄说着往他的小帽里啐了一口口水，然后把帽子反方向戴回到他的头上,"是你自己讲的哦,等一下开始,你拢要走在阮个后壁知呣?"

小个子果真很听话地走在我们后面,每走几步,我和武雄便不约而同地回过头去,看看他还在不在,深恐一个不注意,他就会和刚才一样突然冒到我们前面去了。

*

我对"迟到"的第一印象就是:校门口冷冷清清的,半个学生的影子也没有,除了一个头发抹油的老头子像门神一样站在那里之外,什么好玩的东西也没有。

当"门神"叫我和武雄到穿堂那里去罚站的时候,我们并不知道这个神经兮兮的家伙就是我们的级任导师。我只记得当时我的脑子里一阵嗡嗡作响,好像有一只大蜜蜂被关在里面飞不出来似的。

我想,当时武雄的心里必定比我还感到更加迷惑,为什么会有"站在那里"这种处罚方式呢?我站在那句

"我是好学生"的标语下面,看见对面的武雄表情古怪,好像变成了一个我完全不认识的人。武雄就站在那句"准时上学去"的标语下面,看起来傻哩呱叽的,显然对"罚站"非常不能适应。对我们来说,这种不痛不痒的处罚方式给人一个"头壳坏去[99]"的感觉。这个感觉让我对学校的第一印象坏极了。

罚站使我和武雄变成了一个多愁善感的人。

隔着空荡的走道,无计可施的我们互相扮起鬼脸,努力地挤出各种痛苦的表情。这对我来说一点都不困难。我只要在脑子里想象着武雄他老爸火炎仔打人的模样就行了。

——我是武雄。

——我带着看起来像白痴的弟弟武男去大庙口找人玩,回家的时候,我只记得收拾赢来的一堆干乐,忘了整天流着鼻涕的武男。回家之后,火炎仔抄起墙角的扁担,我的脸色比死人还白,同时,我像一只老鼠似的拚命回想着家里所有可供躲藏的角落……

——我是武雄的老妈丽霞仔。

——我在菜市场里遇见了一个卖白瓷饭碗的老妇人，然后用原本要买猪脚的钱买了一叠饭碗。光鲜晶亮的一大落瓷碗，用粗麻绳扎起来，像是一串银风铃。回家时，我迫不及待地向我的丈夫火炎仔展示我的意外收获，火炎仔提着麻绳的手指微微发抖，另一只手以迅雷不及掩耳的速度甩了我一耳光，然后把我的"风铃"像一只死猫似的砸到门口的凉亭仔脚上。我捂着热辣辣的脸颊，生平第一次燃起了杀人的冲动……

——我是我那贪小便宜的阿妈。

——听到隔壁做红龟粿的火炎仔家凉亭仔脚发出奇怪的碎裂声，我和死气沉沉的癞皮狗姆达同时奔赴第一现场。碍事的老狗姆达在那堆破碗四周转圈子、嗅个不停，被我一木屐踹开；我缓缓蹲下来，像一个淘金的工人那样从一堆破片中拣拾起一个完整无瑕的瓷碗，然后兴奋地溜回家去。我的丈夫水木仔正在帮一个老顾客剃胡须，我从怀里取出那个新碗来向他炫耀，没想到这个老番颠竟然骂我是"乞食命",并且为了证明自己的清高,就在客人面前夺走我的饭碗,一家伙砸在凉亭仔脚外面,比火炎仔丢得更远。我愤怒地冲上前去理论,剃了半边胡子的客人吓得不敢动弹……

——我是我那眼如铜铃的阿公。

——我是那位生命岌岌可危的客人。

——我是跌进粪坑里愈陷愈深的跟屁虫武男。

——我是全烧水沟歹命人大赛的第一名。

…………

隔着穿堂的走道,武雄那个白痴也铆足了劲对我挤眉毛弄眼睛的,不一会儿,他便自叹不如地败下阵来了。武雄显然还没有捉到"装可怜"的要领,就算他再聪明一点点,也还料想不到,他自己本来就是"悲惨世界"的最佳男主角之一呢!

这都是"罚站"的副作用,这种奇怪的处分方式让我们变得有点神经兮兮,多愁善感起来。

还好,好玩的事情来了。

从校门口的方向望去，我和武雄都清清楚楚地看见，小个子依然不知死活地挥舞着他的竹枝，往我们的方向走近；更令人兴奋的是，"门神"正死气沉沉地插着双手，并且狠狠地盯着小个子，准备让他也死得很难看了。

"来了！来了！"武雄笑起来的样子真难看。

"嘘——卡小声咧。"我示意武雄不要打扰这个难能可贵的时刻。我们很守本分地站在原地，然后尽量地拉长我们的脖子，希望能够提早看见小个子倒霉的样子。

果然，小个子被"门神"挡下来了。

如果癞皮狗姆达也在现场的话，它一定也会和我们一样歪着脑袋、竖起耳朵，努力地希望可以听懂"门神"所说的"神话"。那是一种介于标准国语和标准台语之间的腔调。

"门神"抡起手臂，在半空中气喘吁吁地挥舞着；小个子低头不语，嘴巴微微歙动着，发出窸窸窣窣的声音，依然故我地用竹枝打理着他身边那一群隐形的"鸭子"。

就在我和武雄准备迎接小个子加入我们罚站的队伍

时，我们突然听懂了门神质问小个子的一句话：

"现在是什么时候了？"

然后，我们都看见门神抬起手腕来看了一眼手表，接着就突然大声不起来了；他垂下手臂，说了一句我和武雄都很想吐血的话：

"差一点点就迟到了，知不知道？"

"伊讲啥？"武雄这次没有慢半拍，我们不约而同地张大了嘴巴向对方问道。

接下来，我们都不得不相信自己的眼睛所看到的，小个子穿着那一身刺眼的全新制服，摇摇摆摆地从门神前面走过！正一步步地朝我们罚站的地方接近。

"伊为啥么免罚站？"武雄瞪大了眼睛看着我。

"我哪知，博杯[100]？"

小个子走出几步，门神突然像是想起了什么，倏地又转过身来，叫住小个子。我和武雄的心中又重新燃起了一线希望。

"喂，不要带竹子到学校来，知不知道啊，小朋友？"

门神手叉着腰说。

小个子看了一眼手上的竹枝,然后把它高高地向天空抛去,门神这才满意地转过身去。

如果门神不是这么快就转过身去的话,他大概就得意不起来了。这一次,我和武雄可是完全不敢相信自己的眼睛所看到的景象。

那枝竹子像一道小便的水柱冲到地上的时候,竟然变成了一尾活生生的青竹丝……它在原地蜷曲扭动了几下,还昂起小脑袋来吐着舌头,朝我和武雄瞪了一眼(吓得我们赶快把头缩回来),然后才咻地滑进围墙边的草丛里去,发出窸窸窣窣的声音。

当小个子从我们中间走过时,我看见对面的武雄就像庙口的石狮子似的全身硬邦邦的,他的脸色白得像是抹上厚厚的一层猪油,看起来比他扮过的所有鬼脸都还恐怖十倍。我想,我大概也好看不到哪里去吧。

门神垂头丧气地走过来了。也许是被我和武雄的可怜模样给深深感动了吧,他把我们叫到面前,摸摸我们

的头;一阵沉默之后,门神说了一句我这一辈子永远都忘不了的话:

"赶快进教室,明天不要再……罚站了。"

可惜门神的同情心并没有维持太久,上第二节课的时候,我和武雄又因为没有带手帕和卫生纸被叫到教室后面去罚站了。

这就是小学开学第一天的情景,那一天,发生了好多事情。

我记得,我和武雄因为走得太快而"迟到"了。

我记得,门神的名字是谢烟飞。

我记得,老师点名的时候,要赶快举手大叫一声:"到。"

我记得,谢烟飞点到小个子"吴西郎"的时候,听起来很像台语的"有死人",全班(包括站在教室后面的武雄和我)都哈哈大笑。

我还记得,学校的工友伯伯摇铃的时候,所有的人,不管是正在荡秋千、玩跷跷板、扇尪仔标、打弹珠,或是尿尿的，都会立刻停止动作，然后像一群慌张的鸭子似的挤进教室里。教室前面，手持藤条的老师总是露出一副得意的笑容。

当然，我永远都会记得，"罚站"是一件多么可怕的事情。

更可怕的是，先来的人往往才是"迟到"的笨蛋！

*

很快地，我和武雄都发现到，学校是一个不太好玩的地方。

别的地方怎么样我不知道，但是，我敢保证，我们学校最大的问题，就是摇铃的工友伯伯和拿藤条的老师们全都搞错了一件事：他们把"上课"的时间和"下课"的时间弄颠倒了。这真的是一件很糟糕的事情，他们一直在下课的时间上课、上课的时间下课。更糟糕的是，竟然从来都没有人去跟校长报告这个严重的问题。我想，一定还有其他的同学像我和武雄一样发现了这个错误，只是大家都不敢去跟老师纠正罢了。

下课时间怎么会只有十分钟呢？这么简单的道理，套句我阿公常讲的话："用肚脐想也知道不对！"才十分钟能做什么课外活动？就算都不要去喝水、尿尿好了，才十分钟时间，我和武雄刚刚打下去的干乐都还在转个没停呢！

我们学校最大的问题，就是一直没有勇敢的小朋友去跟校长报告这个严重的问题。

当然，偶尔，我们的老师谢烟飞也有搞对了的时候。

有一次，工友伯伯用力地摇出一长串响亮的上课铃声之后，谢烟飞就把全班带到操场上，然后把我们分成两个人一组，叫我们互相搭着肩膀，把一只脚绑在一起来赛跑。他说这叫作"两人三脚"。这个游戏对我和武雄来说，实在是太简单、太幼稚了一点。不过，我们还是玩得很高兴、跑得很卖力，才一下子，就把全班都甩在后面；后来，还是我一直保持警觉，提醒武雄"卡慢咧、卡慢咧",以免走得太快,会有"迟到"和"罚站"的危险。

还有一次,同样也是在工友伯伯摇出一朵朵水花般的铃声之后,我们老师谢烟飞就把大家集合在教室外面的走廊上,然后,我们被分成两队,站在最前面的那两个人还分到一件大裤子。那是谢烟飞从家里带来的裤子,一件黑色的,还有一件是蓝色的。他叫我们把两只脚都塞进其中的一支裤管里去,然后像僵尸一般地跳跳跳,跳到走廊尽头的厕所那边,再跳跳跳回来换手接力。这个"跳死鬼"游戏比"两人三脚"好玩多了,更好玩的是,我们"蓝队"一路领先,把"黑队"远远甩在后面;当然了,这完全是天分的问题,对我和武雄来说,只要学校恢复了正常的上课方式,我们也就立刻比谁都还正常了。

跳。

跳。

跳。

跳跳跳,跳到外婆桥……

跳上去,跳上去,跳到白云里……

武雄是我们蓝队的最后一棒，当他像只野兔子似的跳到厕所那边准备折返时，黑队的最后一棒小个子吴西郎才刚刚套上裤子准备出发呢！

　　这是武雄出生之后人缘最好的一天，连我们班上最漂亮的女生黄凤娇也忘我地为他呐喊加油着；武雄这个虚荣的家伙于是跳得更卖力起来，三步做两步跳，好像要把他这辈子的精力全都一次跳完似的。

　　如果说武雄是一只得意忘形的野兔子的话，那么小个子吴西郎就是一只从容不迫的梅花鹿。吴西郎的脚上仿佛装了超级弹簧似的，跳得又快又远，像变魔术一般，在大家还没反应过来的时候，他便已经跳到厕所那头再折返回来，抵达终点；原本准备接受欢呼的武雄，突然变成了一个吃力不讨好的小丑在为他的运动精神挣扎着……

　　除了我之外，全班（包括黄凤娇）都为吴西郎的神奇表现欢呼了起来。

　　对我和武雄来说，学校真是一个令人不愉快的地方，而这些不愉快，似乎隐隐约约都和小个子吴西郎脱不了干系。吴西郎的功课好还不打紧（反正每班总有一个考满分、得第一名的），可是，这矮仔猴[101]竟然连运动项目都还胜过我们，这就太不应该了。套句算命仙仔阿川伯公的一句话："一枝草也有一点露。"不是吗？好事全都被这家伙给占尽了，难道我和武雄天生下来就只是"罚站"的材料吗？

一串勇猛的铃声响起……

我和武雄把小个子吴西郎叫到操场旁边的大象溜滑梯后面去，准备好好地教训他一下。

"喂，摇摆没落魄个久，你知唔？"武雄上前在他的胸口推了一把。

"喂，恁老师没教你讲话是唔？"我也上前推了他一把。

吴西郎倒是挺有气魄的，被我们一人推了一家伙，吭都不吭一下，脸上还挂着一副惹人厌的诡异笑容。这个表情令我们更加光火起来，武雄从口袋里掏出一颗红色的干乐来，准备往他脸上钉下去……突然间，吴西郎的下巴颤动起来，嘴里发出窸窸窣窣的声音，那声音忽高忽低、忽远忽近，不一会儿，便从草丛里唤出一尾亮闪闪的青竹丝朝我们游过来；并且又摆出那副标准动作，昂起头，吐出赤红滑溜的蛇信，狠狠地瞪着我们。我和武雄立刻吓得倒退三步，那蛇才低下头来，顺着吴西郎的小腿游到他的手上，变成一枝绿油油的竹子。吴西郎轻轻舞动手上的竹枝，我和武雄有生以来第一次手牵着手站在一起，暂时还没有分开的意思。

"喂，你……你……你是人还是鬼啊？"武雄不愧是火炎仔的儿子，天生死要面子，在这个时候还能说出一句完整的人话来。

"我是鬼。"吴西郎倒是回答得干净利落，一点也不拖泥带水。

"啥……啥……啥么鬼？"我也不甘示弱地问道。

"时计鬼。"吴西郎用他的标准国语回答我。我好像听懂了，又好像有听没有懂；我只听过吊死鬼、冤死鬼、水鬼、色鬼、胆小鬼，可没听过有什么"时计鬼"的。

我和武雄面面相觑。

"你讲啥？啥么鬼？没听过，你假鬼假怪、骗猪仔！"武雄一生气，说话便恢复了正常，不再结结巴巴的，还把我的手给甩开来。

武雄蓄势准备再欺上前去，吴西郎把手上的那截竹子抛到他面前，这一招倒还很管用，武雄变得进退两难，他回头看了我一眼，我噘起嘴来示意他不可退缩：

"免惊啦，武雄，伊是假鬼假怪[102]的啦！"

经过我一番鼓励之后，武雄慢慢地伸出一只脚去踢地上的竹枝，竹枝动了一下，依然只是一截竹子而已；武雄像是得到了更大的鼓励，换另一只脚在那竹枝上又加了把劲，结果还是一样，竹枝腾空飞去，轻轻弹起又落下，不过是一截竹子罢了。这下子，武雄得意了起来，他瞅着吴西郎，故意把那竹枝踢到他面前，愈踢愈有趣，竹枝像只毽子似的被武雄踢得高高地从半空中摔落到地面上。

"武雄，要注意的，伊是鬼迟！"我对武雄说。

"免惊啦，骗人的啦。"武雄把地上的竹枝拣起来握在手上，回过头来向我炫耀他的勇敢。

窸窸窣窣。

说时迟，那时快，我还来不及出声时，武雄便已回过头去，看见他手上正握着一条凉飕飕的青竹丝，对他吐舌头瞪眼睛地蓄势待发着……

"啊——"

武雄这一声尖叫喊得九弯十八拐的，听来着实凄厉万分；他猛烈地将手上的东西向外甩去，恨不得把手臂也甩断似的，然后向我狂奔而来。

有生以来第二次，我和又黑又丑的武雄手牵着手站在一起。

窸窸窣窣。

那蛇在草地上扭转了几下，又往吴西郎的身上游去，变成了一截细长的竹枝。

"喂，矮仔猴……你……你……你是人还是鬼啊？"我代替说不出话来的武雄向吴西郎问道。

"我是鬼。"

"啥……啥……啥么死人骨头……鬼？"

"时计鬼。"

"好……我……我……我知。"

小个子吴西郎摇摇摆摆地在我们目送下离去。

"放手啦，饭桶！"我甩开武雄的手。

"你迕是饭桶！"武雄在我胸口上狠狠地推了一把。

"你迕是大饭桶啦！"我也不甘示弱地在武雄的前额上重重推了一把。

"你是饭桶！"

"你迕是饭桶！"

"你是屎桶！"

"你是屎桶！"

"你是大屎桶！"

"你是大大屎桶！"

我和武雄像两只斗鸡似的，你来我往，互相推来推去，愈推愈大力，愈吼愈大声。

"你欠捶是姆？"

"你欠錾是唔?"

"来啊!"

"惊你哦!"

武雄这话还没说完,我已经稳稳地勒住他的脖子,他也狠狠地拉住我的头发,我们像两只蚯蚓似的翻转扭打起来。

一阵上课的铃声哗哗响起,像是在为我们两个加油似的。

"你放手!"

"你先放!"

"你免猜想!"

"你嘛免猜想!"

…………

*

其实,并不是我和武雄不想好好地和吴西郎打上一架,只不过,一定会输的事情,我和武雄就不太有兴趣了。

譬如说考试这件事吧,对我和武雄来说,考试最难的地方,就在于它的时间拖得太长了。说真的,不管是考十分钟也好,考五十分钟也好,对我们两个来说,只不过是一个七爷,一个八爷,到底还是同一回事儿。

考试成绩不好没有关系,反正每班总有几个功课特别差的,况且,就像火炎仔经常对武雄说的:"读啥么册?愈读愈册。会晓算钱、找钱就好啊。"但是,考试就考试,剩下那么多时间要干什么?当然,这又是学校的问题,他们一直把上课和下课的时间弄颠倒了,所以我和武雄才会这么讨厌考试。

但是,每一枝草真的就是不多不少,刚好就会有一点露。

自从吴西郎变成我们的好朋友之后,我和武雄的生活就大大地改善了;是哪个老先觉说过的,狗也有比猪还肥的时候不是吗?

当然,吴西郎并没有神奇到可以扭转我和武雄的考试成绩，但是，他倒是真的改变了我们的考试时间。

有一天早晨，当我们三个人一如往常，每人手上都拿着一枝竹子，走在通往学校的黄土大马路上时，一个念头突然闪过我的脑海，于是我就问吴西郎："你可以把竹子变成蛇，蛇变成竹子；那可不可以把上课变成下课，下课变成上课呢？"

听到我这伟大的想法，武雄立刻吐掉口里的一大块红龟粿，兴奋地舞动手上的竹枝欢呼起来。

"没问题，包在我身上。"小个子吴西郎的回答像是菜市场里面修皮鞋的老伯伯一样，令人听了着实安心。

到了学校门口，我们按照往例，把竹枝往天上一抛，比赛谁丢得比较高；只不过，我和武雄的竹子可是货真价实的，不像吴西郎的竹子掉到地上以后，还会变成一条恶心吧啦的青竹丝。那天，吴西郎的竹子变成蛇之后，还听到他窸窸窣窣地不知道跟那宠物说了些什么；它昂起头来悠悠地吐着红信，临去之前竟然频频点头如捣蒜，然后才溜进杂草堆里去，消失不见。

没想到，蛇竟然也有可爱的一面，我和武雄果然没有错看了那条青竹丝；从此之后，学校果真恢复了"正常"的上、下课时间，也就是说，上课十分钟之后，下课五十分钟，然后再继续上课。这个改变，使我对学校的印象逐渐地好了起来；当然，我对蛇的看法也不同往日了。本来就是嘛，谁说青竹丝是害虫了？

其实，我们之所以这样做，也不完全是为了自己。正常上、下课，对大家都有好处，连工友伯伯也没有什么损失。他还是照样地上课摇一次铃，下课再摇一次铃，完全没有多花什么力气。

可是学校的老师和学生可就轻松多了。

上课铃声响起之后，同学们呱呱呱地像一群鸭子般挤进教室里，谢烟飞在讲台上挂着他的藤条，微笑地看着大家坐到位子上之后，班长黄凤娇精力充沛地喊着"起立——敬礼——坐下"；因为很快就要下课的关系，所以她的口令也变得十分香甜悦耳，像是金丝雀的叫声似的。接下来，老师教一两个国字，或是算一题加减法之后，喝一口茶水，还来不及叫人到黑板前面去抽考，下课铃声便响起了。谢烟飞举起手腕上的手表一看，搔搔脑袋瓜子。"起立——敬礼——下课"，同学们又呱呱呱地争先恐后冲出教室去抢秋千和跷跷板了。

有正常的下课时间，才会有正常的老师和学生。自从学校恢复正常教学之后，所有的问题都消失了。谢烟飞刚开始的时候还不太习惯，仿佛变成了大庙放生池里的老乌龟，有点死气沉沉的。不过，他很快地就适应了新生活，变成了一尾活活泼泼的五彩锦鲤。没多久，就时常可以看到他在下课之后，和隔壁班的秃头老师在教师办公室里下起围棋来了。至于我和武雄，那就更不必说了，我们两个完全不需要半点适应时间，就像臭水沟里的小蝌蚪一般，时候一到，自然就变成活蹦乱跳的青蛙了。

那时，下课时间打干乐已经变成幼稚的行为了。吴西郎、武雄和我，我们三个人发现了一个秘密地方，只要第一节下课的铃声响起，我们就迫不及待地从学校围墙的狗洞钻出去，跑到附近农田旁边的一个废猪圈里去烤番薯。那个地方真的很隐秘，首先要穿过稻田旁边的一大片坟墓，然后再钻进一丛高大茂密的竹林里；在竹林围起的一小块平地上，可爱的猪圈早就在等着我们了。猪圈的优点真的多得说不完，首先，它不像一般废弃的房屋那样阴森森的，好像有吊死鬼住在里面似的——有谁听说过猪会跑去上吊的？猪圈有梁、有柱、有屋顶，可是没有四面墙壁，所以光线充足、通风良好；其次，它还有一个从前用来煮馊水的大土灶，所以我们连搭土窑的时间都省下来了，只消把之前收集的枯树叶、树枝用火柴点着，塞进土灶的大肚子里，等火熄了，再把番薯丢进去焐熟就可以了。通常，我们只要跑回去上十分钟课，然后第二节下课再跑回来，就有热腾腾、香喷喷的番薯可吃了。除此之外，吴西郎的宠物青竹丝也可以在猪圈旁的竹林里休息，万一有什么风吹草动，还可以通风报信、就近支援；只不过，我们的秘密地点实在太安全了，所以青竹丝就只有吞口水、干瞪小眼睛的份了。

  刚开始的时候，番薯都是武雄和我轮流从家里面带来的，后来，我想到了一个更方便的方法。从此之后，我们就不必再用书包背着沉甸甸的番薯上学了。

我所想的可不是像"偷番薯"那种没有志气的笨方法，往远处着眼，长久之计，当然要自己种番薯才像是在过日子、讨生活啊！

就在猪圈旁边的一畦废菜园里，我们挖了几个洞，扔进一些小番薯，每天给它们浇点水、铺点牛粪，过没几天，嫩嫩绿绿的番薯叶子就冒出来和我们打招呼了。我本来还想每天摘点新鲜的番薯叶子回去送给阿妈，可是阿妈一定会以为那是我偷来的；搞不好，还会招来阿公一阵唠叨呢，想想，也就算了，只怪他们跟青竹丝一样没口福吧！

人说吃果子要拜树头，那么，吃番薯当然要拜土地公了。我们合力把猪圈外面那个缺了一大角、原本用来接雨水的大陶瓮倒过来，移到我们的番薯田旁边；这样子，一个遮风蔽雨的临时土地庙就搭建完工了。至于插香用的香炉，就由原先用来舀水的半边葫芦水瓢暂时替代一下。

接下来的问题就比较棘手一点了：土地公的神像要怎么办？自己做？用什么做？木头？石头？砖头？菜头？人头？都不行。武雄说他们家的厨房有一尊灶王爷的神像，他可以回去偷出来，等到他老爸火炎仔发现了，就说灶王爷被玉皇大帝调回去天上当校长了。这也不行，灶王爷是管厨房的，没有了祂，我怕火炎仔蒸出来的红龟粿会变成硬邦邦的羊角馒头也说不定。

就在我们无计可施的时候，吴西郎提议由他来负责雕塑一尊泥像，还说他小时候学过。

这是什么话？我小时候还从屋顶上跳下来过呢！小时候那种三脚猫的功夫，怎么能够用来雕塑神像呢？经过吴西郎的解释，我们才知道，原来"小时候"是指"上一辈子"的意思，吴西郎上一辈子是帮人家刻神像的师傅，而且已经是刻了几十年的老经验了。这样我和武雄就无话可说了，反正他是鬼嘛，谁知道他上一辈子是干什么的？虽说如此，我还是抱着怀疑的态度；原因很简单，就像我虽然知道自己上一辈子是只鸽子，可是这一辈子我也不会飞啊！管不了这么多了，就让吴西郎去试一试吧，反正时间多得是。

窸窸窣窣。

就当我们还在半信半疑的时候，吴西郎已经用水和了一堆泥巴，并且唤来他的宠物青竹丝，把它变成一截削尖的竹子握在手上，开始动工了。

不到一刻钟的时间，土地公的身体已经刻好了，衣服上的云水纹线、衣摆的皱褶都活脱脱地跟真的一样。我们正想凑上前去看看土地公长得怎么样，吴西郎突然紧张地指挥我跟武雄赶快去把灶炉起火烧热，慢了就来不及了。我们被吴西郎感染得惊慌起来，连忙抱起一堆枯枝和树叶塞进灶口、点火、扇风，好像准备帮人接生小孩似的。

金黄色的火舌从灶口内舔出来了，吴西郎抱起他的泥像大喊一声："闪开！"我和武雄赶紧滚到一边去，只见他把土地公头上脚下地按进灶里，再关上小铁门……

窸窸窣窣。

吴西郎手上的竹子又变成青竹丝了，他跟那冷血动物叽叽咕咕地不知道说了些什么，只见那青荧荧的东西点点头之后，便守在灶旁，像个抬头挺胸的门神似的眼观四面、耳听八方起来。

"走吧，上课要迟到了。"吴西郎冷冷地说道。

一听到"迟到"，我和武雄便立刻恢复正常了，赶紧跟在小个子吴西郎后面钻出竹林，往学校的方向跑去。待我们三个从围墙的狗洞钻进去之后，工友伯伯的铃声正好像一串鞭炮似的响起。

"上完这一节课，再回去看看，就做好了。"吴西郎胸有成竹（不是青竹丝）地跟我们说。

这一节课又变得漫长了起来。

我坐在座位上，焦急地期待着下课的铃声再度响起。不知道我们的土地公怎么样了？会不会因为烧太久而裂开来？青竹丝有没有尽责地守在灶炉旁？土地公到底长得什么样子？会不会有人突然闯到猪圈那里去，打死吴西郎的青竹丝，然后偷走我们辛辛苦苦做好的土地公？

好不容易挨到下课的铃声响起，我们兴匆匆地又循原路跑回猪圈去。还好，没有人来过，青竹丝还纹风不动地守在那儿，像个生物标本似的，那鬼鬼祟祟的东西竟然还蛮讲义气的。

窸窸窣窣。

青竹丝又滑进了吴西郎的手掌里，变成一截削尖的竹戳子。吴西郎把竹子伸进灶炉里，挑开草灰和火星的余烬，土地公的头顶露出来了。

窸窸窣窣。吴西郎的下巴抖动了几下，手上的竹节又变成一条蛇，那蛇扭动起来，往神像的脖子缠去。待蛇缠紧之后，吴西郎把手往上一提，便将一尊活灵活现、完整无缺的土地公给拉上来了。那泥像还热乎乎的，一出灶口，全身上下便泛起一阵白色的烟雾缭绕在空气中，我们一时还来不及看清袖的模样。（现在我知道为什么蛇会蜕皮了。）

"便当，便当，烧滚滚个——便当。"武雄望着那一股蒸腾的热气，忘我地叫喊起来。

待吴西郎把土地公安放在地上之后,我和武雄立刻围上前去一探究竟。

"哪会按迟?"

几乎不约而同地,我和武雄都瞪大了眼睛,对吴西郎发出这个问题。一尊栩栩如生、完好无缺的泥像就杵在我们面前,祂的衣服、帽子、鞋子,甚至袜子都漂亮极了;可是,为什么独独缺少眼睛、鼻子、嘴巴和耳朵?祂的脸为什么是平平的一片,什么都没有呢?

"这是土地公吗?"武雄问我。

"土地公为什么没有脸?"我问吴西郎。

"这不是土地公,这是时计鬼王。"在我们狐疑的表情面前,吴西郎若无其事地解释道。

照吴西郎的说法,时计鬼跟人一样,也有眼睛、鼻子、嘴巴和耳朵;只不过,用一般的方法看不见罢了。

这个奇怪的事情令我和武雄兴奋起来,于是,在我们苦苦哀求之下,吴西郎才对我们透露了如何打开"鬼眼"的办法。想要看见时计鬼,得先学会"翻白眼";也就是说，必须睁大了眼睛，而且只能露出眼白的部分，那么便可以看见这个世界上到处都充满了时计鬼；祂们像蚂蚁一般大小，而且也很勤劳。

这个功夫可不是听听就会了的，必须要遵照吴西郎教我们的办法，练习七七四十九次，才能打开鬼眼。吴西郎的办法还挺折磨人的，每天中午太阳正大的时候，我们得要抬起头来，瞪大了眼睛朝赤焰焰的日头望去，然后努力地翻出白眼，并且不准眨眼睛，也不准流眼泪，这样才有效。

"那为什么不做土地公，要做时计鬼王呢？"我在翻了三次白眼都失败之后，满眼通红地问吴西郎。

"笨蛋，烤番薯最重要的是时间要刚刚好，不拜时计鬼王，那要拜什么？"吴西郎很不屑地把我们斥责了一顿。

这样讲也很有道理，番薯烤生了不能吃，烤焦了也不行，就像火炎仔在炊红龟粿一样，要刚刚好才最好吃。

我和武雄合力把大水瓮掀起来，等吴西郎将时计鬼王安放妥当之后，才重新盖上。大水瓮缺口的地方刚好像一个半圆形的拱门,让我们可以从外面看见鬼王端坐在"庙"里的样子。

说来也奇怪,自从拜了时计鬼王之后,我们烤番薯的功夫就变得愈来愈好了,而且从来不曾失误过。有一天,武雄那个败家子竟然说小学毕业之后,他要推着车子,到大路街上去卖烤番薯;还说他赚的钱,一定会比他阿爸火炎仔还多上十倍。我想,这大概是武雄出生之后,唯一表现得比我还要聪明的一次吧!

*

为了要看见时计鬼到底是什么模样,接下来的七七四十九天,我都努力地站在正午的大太阳底下,抬起头来,睁大眼睛,死命地把眼白的部分翻到前面来。也不知道是什么原因,我就是不肯罢手。至于武雄那个家伙,才练习不到两次就决定放弃了。

有一天早晨,我们三个一如往日地走在糖厂边的黄土大马路上，粗壮的木麻黄树上，一大群麻雀像蜻蜓一般地忙碌穿梭着；吴西郎走在前面，嘴巴不时发出窸窸窣窣的声音，他不停地挥动着手上的竹枝，好像正在指挥一群隐形的鸭子。

就在这样无聊的气氛之中，我睁大了眼睛，用力把眼珠子往上翻去，不试便罢，这一翻可不得了……我看见吴西郎的身旁，有一大群成千上万的小东西在爬动着，它们就像一群可怕的蚂蚁雄兵，紧跟在吴西郎的身边。吴西郎走一步，它们便跟一步；吴西郎朝东，它们也绝不会往西……

"快看，快看！"惊慌之中，我赶紧翻回黑眼珠，扯住武雄的书包背带，叫他去看吴西郎脚下的那一大群黑鸦鸦的东西。

"看啥哪，看你的大卵孵哦？"武雄对我说道。

我忘了武雄还不会"翻白眼"，急得我直跳脚。

到了学校的围墙外面，吴西郎照例把竹枝往头上一抛，掉到地上的竹子一如往日地变成了滑溜溜的青竹丝，它翻扭几下,便往墙脚的野草丛里钻去。我赶紧扔掉手上的竹枝,用手把眼皮撑到最大,然后吊起白眼珠……我看到那一大群黑芝麻般的小东西就跟在青竹丝的后面,它们像一摊水银似的游向草丛里去,才一眨眼工夫,就消失不见了。

正当我准备跟上前去一探究竟的时候,吴西郎开口说话了:

"赶快进教室吧,快迟到了。"

我转过头去,看见谢烟飞已经守在校门口,准备收拾我们三个了。

好不容易终于挨到第一节下课的铃声响起,班长黄凤娇"起立——敬礼——下课"的口令还没喊完,武雄那个冒失鬼就一马当先地冲出教室,往围墙狗洞的方向跑去,准备去烤番薯了。

这个举动终于把谢烟飞惹火了,他像是吃了菠菜之后的大力水手一般,健步如飞地窜出教室,追上武雄,逮住他的衣领,并且将他吊在半空中。武雄大概一时还没反应过来，他的双脚还忘我地在离地一尺的空气中划动着。

这下事情严重了，武雄被谢烟飞罚站到下一节上课为止……

为了拯救武雄那个倒霉鬼，下课之后，我赶紧把吴西郎拉到大象溜滑梯后面去商量对策；毕竟，罚站五十分钟可是一件非常残忍的事情，搞不好，武雄会因而变成烧水沟的第二个白痴也说不定（第一个白痴是武雄的弟弟武男）。

"没问题，包在我身上。"吴西郎从大象鼻子上面滑下来的时候跟我说道。

果然不出我所料，吴西郎又唤来了他的宠物青竹丝，窸窸窣窣地不知道跟它说了些什么，青竹丝又点头如捣蒜（为了争取它的好感，我也站在一边频频点头如仪）。

青竹丝像一道绿闪电似的驰骋而去之后，我赶紧跑到操场花圃的铜像那里，跟武雄报告这个好消息。武雄站在"服从领袖"四个大字下面，好像受到了很大的刺激，他的脸色发白，两手僵硬地贴紧在卡其裤管上；听完我说的话，他一时还不敢相信。罚站真是一件可怕的事情，武雄不但变得两眼发直，连舌头也无法卷曲了；他努力张开嘴巴，像一只垂死的鳄鱼那样吞吞吐吐地说道：

"有影……无影……你不通……甲我骗……"

武雄这句话，真可说是肝肠寸断。好不容易把话说完了，他的下巴还止不住地打颤着，两排牙齿发出卡卡卡的撞击声。

"真的啦，我呒骗你，等一下你就知……"

说时迟，那时快，我这一句话还没说完，工友伯伯已经正气凛然地从他的小房间里走出来，手上的铜铃摇出一串宣告罚站结束的响声。这大概是有史以来最好听的一串铃声了，听到那哗哗的声音传来，武雄几乎要流下泪来，眼珠上泛起一层薄薄的水光。

我拉起武雄的衣领往教室方向跑去，可是武雄全身上下依然非常僵硬，走出不到两步，便摔倒在一丛玫瑰花上。武雄被玫瑰花茎上的刺给扎得哇哇大叫，不得已的情况下，我只好背起他冲回教室。

没想到，我们两个竟然是最先进教室的。或许是下课时间突然又变回到只有十分钟，大家一时都还反应不过来吧，连黄凤娇的上课口令都喊得有气无力的。

接下来这一节课，竟然又变回漫长的五十分钟，最可怜的，大概要数我们的级任导师谢烟飞了；一直到下课的铃声再度响起之前，他一共举起了七次手腕来看时间，等到工友伯伯的铃声再次从窗外飘进来时，谢烟飞看起来就像是一个刚刚抵达终点的马拉松选手那样疲倦。

"起立——"黄凤娇恢复了原本洪亮的口令声。

"不要敬礼，下课。"谢烟飞迅速地阖上国语课本，把藤条夹在腋下往教室门口走去。我想，除了我之外，一定还有很多同学都注意到了，谢烟飞离开教室的时候，已经两眼发直，快要神志不清了。他那落寞的样子，比起刚才在花圃铜像下面罚站的武雄也好不到哪里去。

为了拯救我们的级任导师谢烟飞，下课之后，我和武雄赶紧跑去拜托吴西郎，请他把上、下课的时间再调换过来，恢复正常的教学。（武雄是为了拯救他自己。）

"早就换过来了。"吴西郎的口气好像从前的谢烟飞一样充满了自信。

果然不出我所料，这又是青竹丝的功劳。

经过我苦苦哀求，吴西郎才把这个调整时间的秘诀告诉我。原来，那一大群密密麻麻，一直跟随在吴西郎身边的小东西就是"时计鬼"，而青竹丝就像我们班的班长黄凤娇一样，专门负责管理秩序，还有执行吴西郎的命令。

按照吴西郎的说法，时计鬼最喜欢的东西就是手表和时钟，所以，它们平常都住在钟表里面；可是世界上的时计鬼实在太多了，因此并不是每一个时计鬼都可以找到自己的"家"。吴西郎的工作就是带着那些流浪的时计鬼，到各处去"旅行"，一旦遇到有人买了手表戴在手腕上，或是买了壁钟挂在墙上，那么，吴西郎就会派一个时计鬼躲在里面，专门负责"调整"时间。

这就是为什么世界上所有的手表和时钟的快慢都不一样的真正原因。每一个时计鬼都按照自己的喜好来控制指针的移动速度，除非吴西郎特别交代（例如：上课时间走快一点、下课时间走慢一点），否则那些时计鬼便会按照自己的意思躲在钟表里面作怪了。

说"作怪"也不太公平，因为时计鬼是一种很善良的鬼，它们把某人的手表调快一点，或是把某个时钟调慢一点，全都是出于好心（所有时计鬼上一辈子都是戴过手表的）。偶尔，如果，手表突然停了，不必急着修理，那是时计鬼在发出警告了，最好在家休息一天，自然可以逢凶化吉，不会撞上倒霉的事。

钟表走得快或慢，全部都是时计鬼的功劳，即使再厉害的钟表匠也修不好的。

吴西郎还告诉我，时计鬼并不会永远都住在某人的手表里面，当手表的主人死翘翘的那一刻，也就是时计鬼离开的时候；他还说，他这次来，就是要来带走一个时计鬼；也就是说，最近，在我们平静的烧水沟，有一个戴了手表的家伙要从人生的舞台上毕业了。

这就是吴西郎来到镇上的真正目的，等到那个任务结束的时计鬼归队之后，吴西郎就会像赶鸭子似的带着他那群蚂蚁雄兵往别处去了。至于他之所以会变成一个小孩子的模样来上学,纯粹只是因为好玩而已。我就说嘛,一般正常的小孩子,哪有像他那么喜欢上学的?

说来惭愧,当我听完吴西郎告诉我的话之后,我的脑海中浮现的第一个戴了手表的人,竟然就是我的阿公黄水木。在我还没认识吴西郎之前,有一天,阿公的手表停了,可是,他并不知道这是时计鬼在发出警告,必须在家休息一天。那天,阿公帮最后一个客人掏完耳朵,又在凉亭仔脚磨好三把剃刀之后,便按照往例脱下手表,带我和姆达去烧水沟洗澡。那天洗澡的人特别多,阿公便扔下我不管,自己跑到水深的地方去洗澡,边洗还边游泳。一直到太阳下山之后,洗澡的人渐渐散光了,天色也暗了下来,我才发现阿公和癞皮狗姆达都不见了。我连忙穿上衣服跑回家去,只看到姆达全身湿淋淋地趴在凉亭仔脚打瞌睡。阿妈问我阿公在哪里,我说我不知道;阿妈又问姆达,只见它低头哼了几声,一脸伤心的样子。当时,阿妈心急如焚,匆忙往烧水沟方向奔去,我和姆达急追在后。

到了烧水沟边,阿妈凄厉地喊着:"水木仔——水木仔——"我也学她四下喊叫:"水木仔——水木仔——"才喊了几声还没习惯,就听到一棵大树后面传来阿公的声音:

"卡细声咧,在这啦。"

"你在这儿创啥?"阿妈带着我走上前去。

"我的衫裤拢无去啊。"阿公的牙齿发出一阵阵哆嗦的颤音。

就在阿妈准备回去拿衣服时,姆达已经从芒草丛里咬出阿公的四角大内裤,上面沾满了狗爪印子。当阿妈从芒草丛里把阿公分散各处的衣服都找出来之后,癞皮狗姆达早已经逃逸无踪了。

接下来几天发生在姆达身上的事情,因为太过悲惨,我不愿再去回想。可以确定的是,姆达的一只后脚就是在那次事件之后瘸掉的。

可怜的姆达,一直到现在,它都还不知道,它的一条腿就是因为阿公不理会时计鬼的劝告而坏掉的。

在那次阿公差点因为姆达而演出烧水沟的第一宗裸奔事件之后,我就对"洗澡"这件事情有了更深刻的体认。

果然不出我所料,阿公并未因此而停止每天傍晚的洗澡活动。

身为全烧水沟最受欢迎的剃头师傅(这句话是每次剃头都用红龟粿抵账的火炎仔说的),阿公每天从早到晚好像都在"罚站"似的辛苦得很。正在剃头的人坐在理发椅上,正在等待剃头的人坐在长板凳上,正在帮人剃头的阿公却永远得挺着他的大肚桶站在地板上。然而,这并未让阿公觉得自己高人一等,他总是告诉我说:"这世人帮人剃头,就是因为上一世人偷牵牛。"

阿公心中的这分悲情,往往在校长来剃头之后升到了最高点。根据阿公的说法,校长是他国民学校的同班同学(这点阿妈可以作证),而且阿公的考试成绩比校长还要好（这点没有人可以作证）。"这世人帮人剃头，就是因为上一世人不孝父母。"（借钱无还……拿刀刣人……阿公上辈子到底是做什么的；况且，就算做鲈鳗也不错啊，哪像我上一辈子还只是只鸽子呢！）

不过，阿公心里的怨叹倒也不是没有道理的，小时候的玩伴变成了校长，而且每天只有朝会的时候在升旗台上面罚站一下子而已，这种天差地别的遭遇，的确是令人不平。（如果武雄长大之后变成校长的话，我一定也承受不了这样重大的打击的。）

经过这样深刻的反省之后，我深深地了解到，阿公每天傍晚跑去烧水沟洗澡，就像武雄每天期待烤番薯一样，他们都对"上课"或者"罚站"这些事情感到非常不满。

当然啦，这个世界也并非全是不幸的人，例如我和武雄（自从吴西郎把上、下课的时间调换过来之后），例如烧水沟最有钱的大好业人[103]刘阿舍（他是校长的舅舅、米店的老头家[104]、火炎仔口中的吝啬鬼），例如癞皮狗姆达

（它是不幸的"狗"）……还有，例如算命仙仔阿川伯公。

阿伯公就是一个从不"罚站"的人，除了走路之外，他永远都坐在椅子上。（听阿公说他连睡觉也是坐着的，因为他们家根本就没有床。）大家都说阿伯公是吃素的，可是我从来就没有看过他吃东西。（有一段时间，我曾经怀疑他是吃"树"的，当他肚子饿了的时候，就从大树公下面的算命摊子上，偷偷仰起头来啃几片树叶，像长颈鹿那样。）

除了不罚站、不吃、不喝之外，阿伯公也不洗澡（不知道是不是因为没有衣服可换？）。每天上午，阿伯公就坐在他的算命摊子上（右脚缩在板凳上）；到了下午，他就坐在阿公的剃头店里（左脚缩在板凳上）；到了晚上，他大概就坐在自己家里吧（两脚缩在板凳上？）。

对阿公来说（或者对全烧水沟的人来说），阿川伯公是最重要、最了不起的人物。他上通天文、下知地理，小孩子受惊了要找他收惊，大人受惊了（工作辛苦、夫妻不和、久病不愈、小便白浊、前途茫茫……）也得找他。

阿伯公的智慧我是见识过的。有一次,败家子武雄的弟弟白痴武男浑身不舒服,整晚哭闹不停,一直到了隔天早上,火炎仔终于接受了阿妈的劝告,带着小白痴武男去找阿伯公。到了大树公下的算命摊子,火炎仔还没开口说话,阿伯公斜睨了武男一眼,就对大家说:

"没待志,内衫穿颠倒啦!"

在众目睽睽之下,火炎仔把武男的内衣脱下来,然后再反面穿上(前面变成后面),果然,白痴武男立刻通体舒畅、不哭不闹了。

根据阿伯公的说法,这种穿衣法是有道理。因为武男的三魂七魄跟别人的方向不一样,所以内衣必须反向穿,才不会不爽快。更令人惊讶的还在后面咧,阿伯公说这是贵人相,还说烧水沟要出将才了。(我当时心想,如果小白痴武男长大以后变成总统的话,我就要去讨海捕鱼,一辈子不再踏上陆地。)

阿伯公又说,武男之所以会比别人优秀的原因就在于,当他向前走的时候,他身体内的魂魄是向后退的。

"这就是一兼二顾,摸蛤仔兼洗裤[105]。"阿伯公顺了顺他的银胡须,语重心长地赞叹着白痴武男。

这就是阿伯公的智慧,他总是能看见别人看不见的;虽说不能够起死回生,但却可以把笨的说成是聪明的。(至少我和火炎仔死都不肯相信武男那副衰样就是贵人相。)

武男变聪明了,最可怜的要算是武雄吧。从此之后,武雄在他老妈丽霞仔面前就从七爷变成八爷,矮了一大截了。最明显的,就是本来只有生病时才喝得到的牛奶,现在,武男竟然天天当喝水似的。(万一他真的生病的时候就不知道该喝什么了。)更过分的是,偶尔,武男还有日本富士苹果可以吃。又大又圆又香又甜的红苹果,在那脏兮兮的手掌上像颗夜明珠似的金光闪闪、瑞气千条,叫他借我们看一下,他还不肯呢!(武男喝了一阵子牛奶,果然变聪明了。)

直到有一天,讨债鬼武男把丽霞仔炒菜的大鼎拿去跟古物商换了一支麦芽糖之后,他的好日子才正式结束;那时,武雄也才恢复了他身兼长男与大孙所应得的待遇。

武男最风光的那段时期，我和武雄都一致认为那个小白痴就是烧水沟最好命的人。

当然，那只是我和武雄一厢情愿的想法；在我阿公、阿妈，还有火炎仔的心目中，米店的老头家刘阿舍才是全烧水沟最令人羡慕（嫉妒？）的家伙。

刘阿舍和算命仙仔一样留着长长的银胡须（而且两个人都是大光头，不必花钱理头发），不同的是，我从来都没有看过刘阿舍站着的样子，因为他不像阿伯公偶尔还会站起来走走路，四处看看；在我仅有的几次印象中，他总是坐在三轮车座椅上，悠哉游哉地从我面前经过，所以，直到今日，我还不知道刘阿舍是否真的高人一等。

每当载着刘阿舍的三轮车像大庙里的神轿似的从剃头店门口经过时，阿公便会板起面孔来告诫我，叫我要用功读书，长大之后才能当个"坐车的"，而不是"骑车的"。这点我倒颇不以为然。我认为骑车的人比坐车的要神气得多了，至少，他可以对着正在打干乐的武雄和我大喊一声："猴死囝仔，闪开！"

全烧水沟最讨厌刘阿舍的人要算是火炎仔了。火炎仔经常说,刘阿舍不但不剃头,而且从来不曾买过红龟粿。每当火炎仔跟米店清账之后的那个下午,他心中的不平就会升到最高点。

"驶伊娘的刘阿舍,恁爸透世人[106]还不曾赚过伊一铣五厘,等伊死去的那一天,恁爸咒诅一定要放炮仔乎伊……"这是火炎仔付钱给米店的那个下午,必定会来阿公的剃头店里放送的一句话。

"火炎仔,做人不通遐坏嘴啦,一人一款命啦……"这天下午,阿妈终于忍不住告诫火炎仔一番。

"恁查某人知啥,加讲话吃打你……"阿公把手上的推剪从客人头顶上放下,回头对阿妈斥道。

"你讲啥,你给恁祖妈打看迈,恁祖妈就跟你拚……"阿妈不甘示弱地举起一把芹菜在胸前挥舞着。

正当阿妈的芹菜快被阿公的推剪给收拾掉时,左脚缩在长板凳上的阿伯公开口说话了:

"时也,运也,江湖一点诀也,万般皆是命也……

阎王要你三更死,绝不留人过五更也……"

阿公放下手上的推剪,阿妈收起手上的那把芹菜,剃头的客人转过头来,火炎仔也安静了下来,准备听算命仙仔讲古了。

那天下午,算命仙仔阿川伯公透露了一个令火炎仔和阿公都非常振奋的消息:农历十二月三十,也就是除夕夜晚的十二点正,米店的老头家刘阿舍即将寿终正寝,魂归西方。

这个消息对火炎仔和阿公来说,不仅是迟来的正义而已。

"恁娘卡好啊,刘阿舍你亦有这天啊……"火炎仔露出难得一见的得意表情,口中念念有词起来。

"爱钱死好啦,刘阿舍你就卡好死咧哦,恁爸连烧几张仔银纸乎你做所费[107]……"阿公似乎暂时忘记了罚站的辛苦,脸上挂起了一副会心的微笑,他的手脚变得更加轻快利落起来,剃完头,还要免费帮客人染头发,于是,客人的脸上也浮现了满意的神情。

"吃老不知样,看人要死了煞欢喜甲按迟,恁就卡亲像人咧……"阿妈不屑地丢下这句话语后,返回厨房去了。

"刘阿舍仔,刘阿舍仔,你得卡好心咧哦,死死去路边卡绘臭哦——"阿公的心情好极了,他轻快地在客人的胡楂子上抹了一层白色的肥皂膏,然后便开始哼起了那首《一颗流星》:

　　一颗流星
　　流对彼边去——

除了国歌之外,这是我少数能够朗朗上口的歌曲,于是我也跟着火炎仔一起加入阿公的歌声里:

　　伊是向阮
　　向阮暗示
　　暗示迢迢无了时

堂堂的男儿

应该提出志气——

要不是因为满嘴泡沫的关系，我想，那个平躺在剃头椅上的客人必定不会甘于只在手把上敲打拍子，而会加入我们一起歌唱的。

唱第二遍的时候，阿公每唱完一个段落，火炎仔便高声喊道：

"刘阿舍仔，过桥哦——过奈何桥啰——"

我也跟着高声喊道：

"过桥哦——过奈何桥啰——"

唱到后来，火炎仔索性拍起手来，我也跟着用力拍手。

"一阵猾仔！"阿妈从厨房里向我们喊道。

只有阿川伯公依旧老神在在，不为所动。他和门口凉亭仔脚的癞皮狗姆达一样，若有所思地看着远方，然后低下头来，把下巴架在膝盖上沉默不语。

*

一直到现在,我都还很怀念那一段陪刘阿舍仔等死的日子。

自从算命仙仔阿川伯公宣布了刘阿舍的死期之后,我和武雄就奇迹般地变成了全烧水沟最好命的两个人了。

当然,学校的老师、校长和同学也都过得不错,可是,一旦放学的铃声响起,他们毕竟不如我和武雄那样,回到家里之后,感觉比在学校还要痛快。至于吴西郎嘛,虽然也挺惬意的,可是因为他不是"人",所以不能算数。

那段日子,虽然离除夕还很远,我们却天天像在过年似的,除了大碗大盘的红烧肉、卤猪脚、白斩鸡和鳝鱼面……之外,武雄他老妈丽霞仔连过年时才准备的土豆、瓜子、冬瓜糖和金枣干都端出来了。这些都是火炎仔的功劳,要不是他义无反顾地卖掉几条丽霞仔陪嫁过来的金项链,我们是绝不可能这样风光上好一阵子的……

起初，对于天天晚上到火炎仔家"围炉"这件事，阿公和阿妈都觉得有点不够古意[108]，颇为歹势[109]；可是，多去几次之后，他们也就和我一样表现得非常自然而不做作了。况且，为了适应这件事，他们也着实受了好些折磨呢！

那阵子，每天下午到了四五点左右，火炎仔他们家的灶脚就定时地飘散出浓鲜肥腴的卤肉香味，一阵一阵扑鼻的油脂气味像鬼魂般穿墙而过，仿佛真有灵性似的，四下寻觅着一副副空虚的胃肠往里钻，往里搜，往里刮，往里踩，往里蹬，往里吐口水，直到被害人的自尊心完全崩溃为止……唉，无情的香味正是害人的符咒！如果阿公、阿妈像我一样及早领悟这个道理的话，就可免去许多无谓的挣扎了。

不过，这个世界上倒真的有临香不乱、处变不惊的人，那个人就是算命仙仔阿川伯公。

面对漫天狂卷、袭地而来的卤肉香味，阿伯公依然故我、面不改色地正襟危坐着。（依然是左脚缩在板凳上,未曾换脚。)这副景象,直到现在还会让我联想到关公刮骨疗伤的姿势。(关帝君也是吃"树"的吗?)或许,阿伯公小时候曾经接种过预防香味的疫苗注射也说不定,谁知道呢?世事难料,之前谁又晓得刘阿舍的死期会给我们带来这么大的幸福呢?

黄昏时分,就当夕阳即将滚进烧水沟底的时候,阿川伯公干咳一声,随着凉亭仔脚癞皮狗姆达做出昂首伸腰的动作时,他放下如干柴一般的左脚,起身返家。阿伯公的木屐磕地声穿出剃头店门外,渐行渐远,终至无声;这时,阿公的五脏六腑也空虚到了极点,终于,火炎仔从隔壁传来高呼一声:

"水木仔——来哟,日头赤焰焰,随人顾性命[110]哦——紧来紧吃,慢来减吃一半哦——"

这一声吆喝着实雷霆万钧,闻者莫不魂飞魄散。阿公、阿妈,还有我,我们三个人在这一声号令之下,不知不觉,就像中了邪似的,双眼茫茫,往火炎仔家鱼贯前进;姆达也变成了一只尽职的牧羊犬紧跟在后,好像生怕我们三个变成了迷途的羔羊。(从那个时候起，我就深深体会到"药补不如食补"的医学原理。)

　　头几回，我们一行三人都还不太好意思，毕竟是白吃白喝啊，连姆达啃食骨头的动作和声响都显得非常谦虚有礼、不愠不火的；过了几天之后，我们大概也吃出了一些气魄来了，阿公讲话的声音变大了，火炎仔不再帮我们夹菜了，而癞皮狗姆达也开始展开"空中接骨头"的功夫——那般敏捷的身手，真让人不敢相信它竟然是一只残废的老狗呢！改变最大的，大概就是我阿妈了，她帮着丽霞仔在灶脚忙进忙出的，看起来完全不像一个节俭成性的人；趁别人不注意的时候，她还会小声地跟我交代，叫我少吃青菜多吃肉。

　　酒过三巡之后（是过年才喝的黄酒，不是红标米酒），阿公照例要道谢一声，就在这个时候，火炎仔便会打一声酒嗝开讲起来：

　　"唉啊，三八厝边[111]啊，讲啥么多谢，是要用刀甲我射是呣？恁爸若想到伊刘阿舍要死要死按呢存半条狗命,恁爸就人爽无底讲[112]啦……按怎,伊刘阿舍这阵搁摇摆乎恁爸看迈咧,恰走恰跳啊是唔?做人就要会晓想啦……摇摆是无落魄个久啦,恁爸这阵嘛比你卡好过啦,按怎?乞食若分到食,嘛是会弄拐仔花啦……"

火炎仔这一番开场白,听得阿公酒兴大发,互敬一杯之后,他并未忘记自己的做客之道,便也不遑多让地火上加油起来:

"就是嘛,骗人咧不曾好业过是唔,啊伊有几铣仔臭钱是咧按怎——赚得到乎你用不到啦,天公伯仔有目睭哦……阎罗王哦……你得甲伊刘阿舍仔抓去打尻川[113]哦……打乎伊死死昏昏、恰吃恰困哦,啊,讲甲我爱笑哦……在世一粒豆,卡赢死了后一只猪啦……"说到这里,阿公很精准地从大海碗里拣出一粒花生来剥进嘴里嚼了两下,然后执起小酒杯来,"我讲火炎仔,我按迌讲有道理呒?人在做,天在看啦,对唔?咱吃乎死是卡赢伊刘阿舍仔死呒吃啦,火炎仔,你看我讲按迌有道理呒?"

"对,对,对。有道理,有道理,来,来,这杯乎干,真正人爽无底讲，咱吃乎死卡赢伊刘阿舍死呒吃——去吃屎好啦！"火炎仔攫住酒杯的三只指头禁不住兴奋地发抖起来，一杯酒好不容易凑近嘴角，倒有半杯洒在了裤子上。

"对，对，对，刘阿舍仔吃屎好啦！"火炎仔和阿公对干的时候，坐在一旁圆凳上的败家子武雄就跟着拍起手来助阵，那张又黑又丑的大饼脸上露出了难看的笑容和一嘴烂牙。

"嘻嘻嘻，吃屎啦。"坐在武雄旁边的小白痴武男也跟着拍起小手，用他那臭乳呆[114]的嗓子叫嚣起来。

"唉哟，侥幸哦，恁这两个大人大种仔教坏囝仔大小哦，夭寿骨哦，讲这款话见笑死哦！"或许是因为做客的关系，阿妈抱怨的声调并不太严厉。她说话的时候，正在用竹筷子从陶锅里拣了一截大猪脚放进我的碗底。癞皮狗姆达很机警地向我的脚边挪近，两眼炯炯有神地守护着即将属于它的那截猪骨头。

"干你娘，大人讲话你插什么嘴？活了太久嫌闲是呣？"火炎仔的手不发抖了，他翻转手掌，抠起指节，像一支凌厉的苍蝇拍子往武雄的天灵盖扫去，磕的一声，又脆又准。

武雄幽怨地用手掌心在额头上抚摩揉搓起来，正在嚼食的下巴却也没闲着，他嘟囔了几声不知道在说什么，旁边的小白痴武男还不时发出"嘻嘻嘻——嘻嘻嘻"的猪崽叫声。

"笑啥啦，干你娘！"武雄的手掌也化成了一支疾箭般的苍蝇拍子，往武男的后脑勺上俯冲而去……

即使身为武雄的换帖兄弟，我也必须承认，他这一家伙的确是太过用力了一点，只见小白痴武男像个不倒翁似的，前额撞向桌角之后又反弹朝后仰，半截黄稠的鼻涕顺势倒缩回鼻孔里去；然后，像是被脚踏车轮骨夹到似的，愣了三秒钟之后才又嚎叫起来。

"啪"的一声，刚好端来一盘清蒸白鲳的丽霞仔将菜放妥之后，便给了口没遮拦的武雄一个大电光：

"死囝仔，你讲啥，你干啥么娘？"

武雄低下头来，幽怨地开始用另一只手掌心在脸颊上抚摩揉搓起来……

丽霞仔这一耳光，好像给小白痴武男打了一剂止痛针似的，马上止住了他猪叫般的哭声。倒是武雄不应该在极度悲愤的心情下埋头吞食炒面的，那副模样，很像一只鼓起腮帮子的大蟾蜍，若是一时之间找不到宣泄的对象，极可能会毒气攻心而死。果然，不到一分钟，武雄的大饼脸就由黑转红，由红变紫……正当我开始担心败家子武雄恐怕会比刘阿舍还先走一步的时候，说时迟，那时快，只听到一记生猛的"哈啾"声响起，待武雄抬起头来时，鼻孔便已挂满了黄澄澄、油亮亮的面条在半空中抖动着……

"唉哟，侥幸哦，囝仔人不通连青猴[115]啦，慢慢仔吃，不通吃紧弄破碗。"阿妈说着便顺势伸过手去把武雄鼻孔里的油面抽出来，很快地，武雄的脸色又恢复到正常的老鼠色。

"坏成子[116]，你是吃遐紧要赴死是呣？搁作鬼作怪你是会比刘阿舍仔卡先死我甲你讲！"火炎仔伸起手来，差点又一拍子甩在武雄的扁头上，想了一想，才把手收了回来。我心想，多亏火炎仔手下留情，否则这回武雄嘴里的炒面恐怕会从耳朵里面钻出来也说不定呢。

"对啦，囝仔人就要有规矩，大人在讲话，囝仔人有耳呒嘴，呒通按呢应嘴应舌[117]，才会得人疼，才赡讨皮痛，知嘿？"阿公若有所悟地执起小酒杯，独自干了一杯，然后瘪起嘴巴哈出一阵酒气，"我讲火炎仔，这棺材是在装死人的，不是装老人的……你看我讲按呢有道理嘿？"

"对，对，对。话按呢讲是呒呒对啦，好、歹拢是天注定的啦，不过，话搁讲倒转来[118]，伊刘阿舍也算真好狗命咧，活甲七老八老啊，阎罗王也呒冤枉伊啦……像伊彼款好业人才不会怕死，若像恁爸我烂命一条，我是要怕啥？管伊棺材是要装老人，抑是装死人，恁爸我拢呒咧甲信啦。恁爸喝我的、吃我的，我是要怕啥？恁爸这条老命就算甲伊刘阿舍配——嘛死甲有价值啦；驶伊娘，恁爸就是要甲伊刘阿舍配啦——"火炎仔一番话讲得豪气千丈,阿公听得频频点头,无话可说,两人又干了一杯。

"火炎仔,啊你是喝尿喝甲起猶[119]是唔?要过年时仔,啊你是在起啥么酒空[120]……话按迟黑白讲,啊你是活了太久嫌艰苦是唔……"丽霞仔听到火炎仔那番慷慨激昂的话语,终于忍不住打破欢乐的气氛,向他咆哮起来。

"唉哟,侥幸哦,丽霞仔讲得对啦,饭可以黑白吃,话是不行黑白讲哦……"阿妈立刻加入丽霞的阵营为她助声势。

受到连番的指责,火炎仔不屑地吊起眼珠子,脖子歪向一边,喝起闷酒来。阿公一见苗头不对,为了强调自己同是一家之主的地位,便也吊起眼珠,歪过脖子去对阿妈斥道:

"恁查某人是知影啥么芋仔番薯?火炎仔讲按迟是有啥么不对?破格[121]!做人呒免假惊死啦……人讲愈惊愈死啦,我甲恁讲。算命仙仔也曾讲过,阎王要你三更死,绝不留人过五更啦——嘴讲死就会死哦?咁有遐准?若按迟你讲好业看迈,看天顶会落钱下来唔?卡静咧卡无蚊啦，加讲话你得吃打啦……你……"

"我……我按怎？你甲恁祖妈打看迈咧，恁祖妈就甲你拚……"阿妈也激动起来，她说着便从饭桌旁站起来，手上还掐着一截鸡翅膀在半空中比划着。

"按怎？要拚是呣？来啊——"阿公也兴致勃勃地从圆凳上放下脚（刚好就放在姆达的脚上），还没站稳，便听到癞皮狗姆达传出一阵快马加鞭的鬼叫声，害得阿公突然忘记自己为什么要站起来。

在众目睽睽的沉默中，姆达以非常低的姿态，叼着那截猪脚骨往墙角潜行，大约踱了五六步之后，阿公仿佛记起了什么似的，跟上前去补了一脚。

坚强的姆达，在承受了不可抵抗的外力撞击之后，依旧毫不松懈地紧咬着骨头，没发出半点声响。因为姆达的示范作用，大家又开始认真地吃喝起来……

一直到现在，我都还很怀念那一段陪刘阿舍等死的日子。

＊

不晓得为什么，快乐的时光总是过得特别快，连墙上挂钟的指针，也转得像电风扇似的无情得很。

就在我们迷迷糊糊地吃喝了若干天之后的某个下午，时间突然又开始变慢了。

那天下午，和往常一样，黄昏时分，就当夕阳准备跳进烧水沟里洗澡时，阿伯公干咳一声，随着凉亭仔脚癞皮狗姆达做出昂首伸腰的动作时，他放下如干柴一般的左脚，之后，阿公也从抽屉里取出了一个小锁头，准备等阿伯公起身返家之后，锁上剃头店的大门，带着我和阿妈前往隔壁的火炎仔家去。就在这个时候，不可思议的事情发生了：只见阿伯公放下左脚之后，并未起身……他擎起双臂，像一尊正在伸懒腰的白眉罗汉似的打了个哈欠，脑袋转了两个小圈，然后……他将右脚缓缓抬高，我们的眼珠子也跟着阿伯公的膝盖往上提……往内收……最后缩进板凳上……

阿伯公换脚了?!

面对这个突发状况,我们都动弹不得,不知道该怎么办,于是便站在原地发起呆来……倒是凉亭仔脚的姆达先反应过来,它朝阿伯公的右脚望了一眼,眼神中发散出一丝无可奈何的气息,便又重新趴了下来。

我们依旧站在原地,隔壁的卤肉香气已经开始摸索过来……时间突然变慢了。

"水木仔——来哟,日头赤焰焰,随人顾性命哦——紧来紧吃,慢来减吃一半哦——"火炎仔发自丹田的吆喝声像工友伯伯的铃声一般穿墙而过,我的脑袋里突然嗡嗡地响起班长黄凤娇的口令声:"起立——敬礼——"我觉得自己像是落在牛皮胶上的大头苍蝇般动弹不得,算命仙仔阿川伯公还稳稳地坐在长板凳上,好像是失去听觉之后的谢烟飞,完全没有宣布"下课"的意思。

"水木仔——来哟——"

下课的铃声再度响起。

身为全烧水沟最重要的人物,阿伯公可是从来没有被下过逐客令的——谁敢要求自己的级任导师离开教室呢？

不到一分钟的时间，我的外公黄水木便做出了他这一生中最明智的决定，他悄悄地跟我交代，要我去武雄家通知火炎仔，因为阿伯公的关系，所以必须把饭菜都端到剃头店来吃。

阿公跟我交代完之后，我就像一串被点燃的连珠炮劈劈啪啪地往武雄家奔去，接着，火炎仔和丽霞仔也被点燃了，鞭炮声又从武雄家传回剃头店；阿公、阿妈的头上也开始冒出了炽盛的火花，空气中弥漫着烟硝的味道……还有饿火中烧的气息；连凉亭仔脚的癫皮狗姆达也凶猛地追逐着自己的尾巴，要不是因为残废的关系，它一定可以咬到的……

为了避免阿伯公有被冷落的感觉，阿公把厨房里的八仙桌抬到长板凳前面，满满的一桌酒菜，像是大庙里的供桌似的。阿伯公老神在在地端坐在板凳上，因为他是吃素的，所以大家都觉得阿伯公不动筷子是应该的。

三杯黄酒下肚之后，火炎仔打了一声响亮的酒嗝，

开讲起来:

"我讲啊,这三年一次,好坏照轮啦,算命仙仔在这儿,恁大家看我讲按迟对呒?人生海海[122]啦,该吃就吃,该喝就喝,该困就困……该死就死啦!同款意思,恁讲是呒?"火炎仔说完,哈哈哈地干笑几声,环顾四周没人搭腔,顿觉无趣起来,他又为自己斟了一杯黄酒,突然,像是想起什么似的,把脸朝向阿伯公说道:"我讲仙仔啊,这刘阿舍也真厉害啊是呣,呾一天不死,偏偏选这个过年夜伊才要死,亲像要大家都准备好按迟来看伊刘阿舍死甲真准是呣?"

算命仙仔闭上两个布满皱纹的眼窝子,没有说话,仿佛陷入了沉思之中。

火炎仔又独饮了一杯,干咳几声,才自觉没趣地低下头来。

身为一家之主,阿公似乎觉得自己有义务要打破沉默:

"若照火炎仔讲的看起来,伊刘阿舍是故意的哦,伊就是要大家按迟吃饱闲闲来看伊死乎咱看,是呣?唉,讲甲我爱笑,好业人要死也会惊无聊啦!火炎仔,你看我讲按迟有道理呒?"

阿公说完这一番话,便和火炎仔对干了一杯,两人相视大笑。

为了增加一点欢乐的气息,我和武雄也咯咯咯地笑起来。

"话搁讲倒头,我火炎仔又不是开棺材店的,伊刘阿舍要死了,跟我亦呒啥么关系,我示赚呒一铣钱啦——"火炎仔说这话的时候,朝算命仙仔斜睨了一眼,只见阿伯公依旧闭目养神,没有搭话。

身为现场唯一戴了手表的人,阿公似乎突然发现了什么,很得意地朝着大家举起他的手腕来,看着表面上的指针说道:"现此时是旧历十二月二十六,暗时[123]六点过十五分,恁大家注意听哦,再过四天,刘阿舍仔伊就存五点钟搁四十五分就要'再见'啊。"阿公宣布完之后,也和火炎仔一样,很关心地朝算命仙仔望了一眼。

这时,算命仙仔阿伯公突然有反应了。他慢慢地将屈缩在长板凳上的细脚放下来，伸进木屐里，然后两个深陷的眼窝子忽然张大了：

"时也，运也，命也，生死拢是天注定也——"

阿伯公说完他的开场白，又宣布了一件重大的消息：旧历十二月三十晚上十二点，除了刘阿舍之外，在我们烧水沟这地方，还有另外一个人也跟刘阿舍一样，将要从人生的舞台上下台一鞠躬，魂归九九离恨天……

话一说完，在场所有的人还有癞皮狗姆达都张大了眼睛、竖起了耳朵之后，阿伯公却又阖上了眼皮、闭上嘴巴，仿佛陷入了沉思之中。

"咁有影，仙仔啊，啊是啥人？"勇敢的火炎仔率先打破沉默，他用一种前所未闻的、非常谦逊的态度向阿伯公提出他的疑问。

阿伯公像一株枯木似的不为所动。

"仙仔啊，啊是有影无影，你是呒通骗咧？"火炎仔突然变成了一个不信邪的人，"我知啦，仙仔你是在开玩笑的，对呣？"

当火炎仔说到"开玩笑"的时候，算命仙仔阿川伯公陡地撑开两圈树瘤似的眼洼，露出一双如老鹰般炯亮的眼球，他偏过头去，牢牢地盯着嘴巴尚未阖上的火炎仔。

"啊——我知啦，彼个人就是火炎仔，对呣？"在一阵肃穆的枯寂中，我的外公黄水木用他非常专业而灵巧的手指头指向火炎仔；更令人尴尬的是，从他讲话的声调里，连癞皮狗姆达都感受到了一股欢喜的气氛，于是它很不得体地、像只跑马灯似的开始追逐起自己的尾巴来。坦白说，当时我对阿公和姆达的表现有些失望，毕竟，这些天来火炎仔可是待我们不薄啊！

就在我的外公黄水木准备缩回他那不太得体的手指头时，阿伯公倏地又偏过头来，露出一双慑人的眼珠子，狠狠地盯着嘴巴尚未阖上的外公……姆达似乎也觉察到了一丝异样的气氛，于是暂停打转，安静了下来。

"啊——我知影啊，仙仔你讲的彼个人就是水木仔，对呣？"火炎仔难掩兴奋之情，禁不住拍起手来，"哈哈，是水木仔，对呣？我就知哦——"

就在阿妈和丽霞仔互相咒骂对方丈夫的吵闹声中，阿伯公收拾起烧灼的目光，套上他的大木屐从长板凳上站起来，两手背在后面，轻飘飘地往门外走去。木屐磕地的声音左转之后，变得愈来愈细小，终至消失不见。

过了很久都没有人说话。

时间突然变慢了。

残而不废的癞皮狗姆达趁小白痴武男不注意的时候，偷偷欺上前去叼走了他手上一只完整的卤鸡腿；武男怔忡了两秒钟之后，才哇哇大叫起来。

"姆达，放开！"阿公对姆达大声喝道。

姆达显然听懂了阿公的话，于是，它尽了最大的努力把鸡腿缩进嘴里含着。

"姆达，过来！"火炎仔的命令也很简单明了，于是，姆达像是一个赛跑选手似的往凉亭仔脚的起跑线走去，它的眼神非常坚定，充满了斗志。

一股肃杀的气息在空气中弥漫开来。

首先出场的是火炎仔，他从圆凳上站起来，把长裤往上提,顺势将皮带收紧了两格。接着,阿公也抄起墙角的竹扁担,缓缓地向门口驱近……

仿佛有一记无形无影的枪声"砰"地响起,姆达、火炎仔,还有我的外公黄水木他们一行三个,几乎是在同一时间开始起跑,死命地往大路的尽头追逐而去,我们赶紧走到凉亭仔脚外面去观察战况。

果然不出我所料,瘸腿的姆达照样遥遥领先,火炎仔紧追不舍,而我的外公黄水木则是当然殿后。

"猗仔!"丽霞仔举起双手忿忿地说道。

"冇成人哦,笑破人个嘴哦——"阿妈望着远方的三个灰影不屑地说道。

小白痴武男学我和武雄用手掌圈住嘴巴大喊"加油"(我们是针对姆达而喊的),姆达果然不负众望,才一眨眼工夫便把距离拉开,立于不败之地了。

噼里啪啦的四只木屐像雨豆般敲打在马路上,又跑出几步,我的外公黄水木突然举起手上的竹扁担,像一个镖枪选手似的对准姆达射去——

"没中!"我和武雄兴奋地拍起手来。

火炎仔从阿公的身上得到了灵感,他突然停下身来,然后抽出脚上的一双木屐狠狠地朝姆达砸去——

"没中!"

"没中!"

失去木屐的火炎仔最先停下来,他走到大路中央,把两只失散的木屐一一捡了回来,然后,把它们并排在路边充当临时的小板凳,坐在上面,一副垂头丧气的样子。阿公捡回他的"镖枪"之后,也气喘吁吁地扶住一棵大树,他一边用力地呼吸着,一边还不时抬头望着蹲踞在不远处,姿态非常优雅的癞皮狗姆达。

时间一分一秒慢慢地过去。

吃鸡腿不吐骨头的姆达已经享用完它的晚餐了。不知道是因为体内依然流着忠心的血液,还是丧失了逃避的理由,当我的外公黄水木心有未甘地再次举起他的木屐往姆达砸去时,姆达竟然从容地趴在原地,动也不动一下——

"没中!"

"没中!"

失去木屐的外公背靠着树干坐了下来,或许是因为肚子太大的关系,他的两只脚张成了"八"字形向外伸去,好像两支胖得走不动的时针。

*

接下来的几天,我的外公黄水木和火炎仔把大部分的时间都用在说服对方"自己就是那个要陪刘阿舍一起死的人"。

剃头店的生意不做了。自从上次面对近距离的姆达连投两只木屐不中之后,阿公对自己的手艺已经再也没有信心了。

火炎仔的红龟粿炊笼也不再冒出热腾腾的水蒸气了,他说,只剩下几天寿命就要去投胎转世了,所以他要好好想一想自己下一辈子要做什么。火炎仔放弃工作的理由似乎牵强了一点，以至于必须三番两次动用他的拳头，才能说服丽霞仔由衷地相信（期待？）他是一个不久于世的人。

关于这一点，我的外公黄水木就比较幸运了。或许是除了年纪较大之外，他的大肚桶、高血压、糖尿病、五十肩、牛皮癣和老花眼，在在都说明了他比较像是那个被拖死鬼刘阿舍点名做记号的人。在阿公准备辞世的这一小段日子里，我的阿妈充分流露几乎快要失传的菩萨心肠。她不再整天唠唠叨叨的像个啄木鸟似的钉得人头皮发麻，相反地，她劝阿公要"心情放乎伊开"，想做什么就去做，想吃什么就去吃，"吃饱迌迌，闲事免管"。每天早上，除了一锅热腾香甜的地瓜稀饭之外，菜心、腐乳、豆枣、花瓜、土豆、笋丝、鱼干、煎蛋、猪皮、海蜇、油葱粿等等，十几碟小菜摆了满满一桌。阿公起床之后，洗脸水都盛好了，漱口杯上的牙刷还挤上了一条白色的牙膏。吃完早餐，阿妈去市场买菜的时候，就顺便放出剃头店已经正式歇业的消息，好让阿公能得到充分的清闲；

连到香烛店买东西的时候，还不忘比平常多买了一份金纸哪！

当然，风水是轮流转的，仅仅一墙之隔的火炎仔就显得晦气多了。

每天早上，当阿妈将饭菜排列妥当，并且多加了一副碗筷之后，火炎仔便极准时地，像只报晓的公鸡似的出现在剃头店的门口。

"来哦，火炎仔，来坐啦。"阿妈显然是个懂得回馈之道的人。

"干，乎阮厝个猜查某赶出来啊。"这是火炎仔最新的开场白。

"火炎仔，来坐啦。"我觉得我有必要为最近变得沉默寡言的阿公说些什么。

"囡仔人有耳无嘴，讲什么话，没大没小。"阿妈一边对我训示道，一边捧起她早就为火炎仔备好的碗筷说，"来坐啦，碗箸拢便便[124]啊——"

"唉！想狯到，我火炎仔也有按呢落魄的一天……恁爸我就是驶伊老母咧八字不够重啦,娶甲彼种啥么某?生甲彼种啥么空孖?连恁爸要死要死啊,也呒知影卡巴结咧,干!呒是恁爸在臭弹[125]啦,恁爸是看甲很开啦,死我是呒在惊伊啥么碗糕啦,恁爸早就看破啦,卡早死的是卡快活啦……"通常,火炎仔在盛第三碗稀饭到碗里去的时候,便会如释重负地开讲起来,扒饭、夹菜的动作也缓和下来。

阿公点点头,夹起一截嫩绿的菜心放进嘴里咔滋咔滋地嚼了几口之后,放下筷子:"话按迟讲是呒呒对啦,卡早死咧是卡快活啦,死代先[126]是比死路尾[127]个卡有通哩。按怎讲你知唔?卡早死咧卡赡垱无路啦,火炎仔,你看我讲按迟有道理呒?死,我是在惊伊按怎,人老了,死是应该啦,你呒听人在讲,应该死好,应该死好啦!呒啥么好惊的啦,我就是按迟吃乎肥肥,假乎颓颓,甭做饫死鬼就好啦。卡早死咧是卡快活啦,像你这般八字不够重的,要死你轮不到你啦,啊,讲甲我爱笑——"

"嗯唉?讲这啥么话啊!棺材是在装死人的,不是在装老人的呢？彼天算命仙仔在这儿的待志你也有看到是唔？伊按迟目睭金金一直甲我相，恁大家拢有看到是唔？该我死的就是该我的啦，恁也不必替我艰苦啦，恁爸我早就准备好势在等啊啦——"火炎仔老实不客气地把阿公的话顶回去之后，用手抓起一小把花生米来在掌心揉搓了几下，吹掉皮屑，开始一颗一颗地往大嘴巴里扔。

"算命仙仔按迟甲你相，是叫你卡静咧卡呒蚊啦，知唔？话搁讲倒转来，仙仔彼天在甲我看的面腔才是有惊人你知唔？伊按迟目睭金金，面色搁青笋笋你咁有看到？该我的就是该我的啦，火炎仔你呒免相争啦——"说到这里，阿公脸色微微涨红，声音也精神起来，看起来真不像是一个处于弥留状态的人。

"要输赢唔？"火炎仔一时激动，将一颗花生米扔到额头上又弹了回碟子里。我一直注意着那颗花生的位置，以免待会儿一不小心吃进嘴里。

"要输赢唔？"阿公啪的一声把筷子按在八仙桌上，下巴翘得高高的，一副十拿九稳的样子。

"来啊!"

"来啊!"

"按怎输赢?"

"看你要按怎输赢?"

"输的人呒好死!"

"好,输的人呒好死!"

"我就不信你会赢!"

"干,恁爸我稳赢的啦!"

在阿公和火炎仔他们两人都确定如此一来,对方将必死无疑之后,用餐的气氛又重新安静下来。

在那短短几天陪阿公或火炎仔等死的日子里,我竟毫无选择地变成全烧水沟最好命的人了。每天早上用光丰盛的早餐之后,阿公和火炎仔就会各自牵着他们的大铁马,然后轮流地载着我四处去向他们的同行老友告别。听到阿公和火炎仔的死讯,那些人的反应全都一模一样:先是一愣,接下来半信半疑地听阿公和火炎仔轮番上阵把事由从头到尾细说分明之后,然后才心甘情愿地领着我们去大菜市的海产摊子去吃喝一顿,算是给我们(不包括我)饯行。那几天,我就是这样,像一只忙碌的工蜂从早吃到晚。(败家子武雄已经被我从好命人的名单上开除了,谁叫他是不肖子呢?)

吃到后来,连海产摊的老板瘸手义仔都觉得这么一来,阿公和火炎仔可是非死不可了!

这些被点名请客的人包括火炎仔的同行盹龟王、懒尸标仔、麻面茗藤,还有阿公的同行烧酒螺、福州仔,以及系出同门的小师弟和尚光仔。

拜访和尚光仔的那一次令我印象最为深刻。若在平常,光头小眼睛的和尚光仔可是出了名的铁齿铜牙槽,要说服他可没那么容易。可是那一天情况不一样,除了火炎仔一再捶胸脯担保死期之外,阿公还把他那一套吃饭的家伙都捐出来了;他两手微微颤抖地解开手上的包袱巾,露出三把牛角柄的剃头刀和两把晶亮的推剪:"哪!你看,这是卡早师仔放下来的,拢总在这儿啦,你不是猎想很久啊——拢拿去啦,看乎伊清楚,日本制的啦——"

这一下，和尚光仔差点儿眼泪和口水全部一起流了下来，他呷了呷那张蜗牛般的大嘴，立刻把包袱巾重新扎紧，收进一只桧木老箱子里："走，来去瘸手乂仔的摊子，我请。"

"等我死了后，你就是咱烧水沟第一等的剃头师傅了啦……"阿公两手空空地插进裤袋里，眼眶幽幽地含着一层眼油。

这一幕景象，连和阿公立下重誓的火炎仔都深受撼动，隔了好久，一直到瘸手乂仔端上第四道炒菜时，才又重新想起自己才是那个不久于世的人。

和尚光仔果然不是省油的灯，从一开始我就非常机警地注意到，他那对如钱鼠一般的贼眼始终不停地盯着阿公手腕上的那只精工表……果然，待阿公和火炎仔都酒足饭饱，脸上像红龟似的泛起一层薄薄的油光时，和尚光仔开始蠢动了：

"大师兄仔，现此时几点啊？"

"这阵哦……我看迈咧，下晡[128]三点过五分啦，按怎？有待志哦？"

"咁有影？是对还呀对？"

"当然嘛对，准的啦，免惊走精去，日本制的迟，爱讲笑你呀成子——"

"哦，这也是日本制的哦，借我看一下好唔？"

"好啊，哪呀好，"阿公解开表链，正要脱下手表时，突然像觉悟似的，缓缓抬起头来，瞪起一双牛眼狠狠地瞅着和尚光仔，"驶恁娘咧你这呀成子和尚光仔啊，你免猎想恁爸的手表啦，恁爸这是要扎去棺材底的啦，干——"

"呀通啦，呒采啦——"和尚光仔也仰起他的大光头来瞅着阿公。

"干！你给我管迄多。"阿公一拳头落在和尚光仔的大光头上，发出像敲木鱼似的声音。

和尚光仔像蜗牛似的缩回他的触角，一面用手在天灵盖上猛力地揉搓起来……

阿公的表现真的令我刮目相看，没想到在这种紧要关头,他竟忽然地清醒起来,莫非这就是所谓的"回光返照"?

当时,我一面喝着鲜美的下水汤,一面想着:难怪所有的时计鬼在手表的主人死掉之后,便会离开了,如此才不会被带进棺材里去陪葬啊。

光阴似箭,岁月如梭;人无千日好,花无百日红;祖孙本是同林鸟,大限来时各自飞……一年一度的除夕夜终于悄悄来到了。

年三十那天晚上,处变不惊的阿公和火炎仔依旧面不改色地对饮着;每隔一阵子,阿公便会抬起他手上的精工表来看一眼,然后对火炎仔说:

"八点过十分,搁剩差不多四点钟……"

"九点过三十七分,搁剩两点多钟……"

"十点过二十三分,快了……"

"十一点十六分,差不多了……"

胜负即将分晓了,阿妈和我不由得紧张了起来,午夜十二点一步步接近……火炎仔首先沉不住气了,他突然拾起桌上的酒矸[129]仔，往大嘴巴里栽了一口，然后拎着酒瓶脖子像僵尸般倏地弹起身来：

"驶恁娘个刘阿舍仔，恁爸佮你拚啦！"

"对，佮伊拚啦，干！恁爸呒在惊叫啦，愈惊愈死啦，火炎仔，你看我按迟讲有道理呣？"

"对，愈惊愈死啦，走，水木仔，咱来去佮伊刘阿舍拚！"火炎仔说完便带头蹭着木屐咔啦咔啦地往凉亭仔脚走去，阿公捞起桌脚下一瓶未开的黄酒尾随在后……

面对这个突发状况，阿妈不知如何是好，便不停地尖声喊道："恁两个狷仔是要创啥……恁两个……"

这时，不知道为什么，我的双腿仿佛不听指挥似的，自己也跑去伸进小木屐里跟着往外奔，暗蒙蒙的大路上，磕磕地响起六只木屐蹬地的声音，还有癞皮狗姆达哈哈哈的浓浊呼吸声，一路沿着刘阿舍仔的米店方向寻去……阿妈沙哑的叫声凄凄地从我们背后传来："恁三个……"

咔咔咔咔咔……

跑了不知道多久，经过大庙口、菜市场边的钟表行，弯进一条连月光也照不到的窄巷，再穿过一小片甘蔗园，终于来到刘阿舍的祖厝前面。

那是全烧水沟最大的一间红瓦厝，刘阿舍一家老小和他们的米都住在里面。

暗蒙蒙一片。

我们三个和癞皮狗姆达轮流从双片大木门的缝隙往里瞧去，一点动静也没有。平常入夜之后便在正厅门口亮起的灯笼竟然没有点上，四方形的大天井里看不到放鞭炮的小孩子，只有一长排大型的盆景很气派地围在护栏边上，好像一尊尊张牙舞爪的青龙……

"干恁娘咧，人拢死了了啊是呣？"火炎仔蹭着他的木屐在光滑的青石阶梯上踹了一脚之后，仰起头来气喘吁吁地灌了一口黄酒。

"十一点过五十三分。恁娘卡好咧，刘阿舍仔，好胆死乎恁爸看，恁爸给你配啦，干！"阿公也上气不接下气地扭开他手上的茶色玻璃瓶子，仰头栽了一大口。

"驶恁娘,刘阿舍,恁爸烂命一条,好胆来配啦,干!气魄卡好咧,免甲我假死假活——"

"刘阿舍仔,过桥哦,愈惊愈死啦,干!恁爸在这儿忖死在等你啦——"

"刘阿舍仔,免甲恁爸假拖棚[130],卡早死咧卡快活——"

"十一点过五十五分,刘阿舍仔,你是没挂手表是呣——"

"干,刘阿舍,甲恁爸假鬼假怪是呣?恁爸死都不惊,惊你啥么死人骨头,好胆来拚——"

"刘阿舍仔,十一点过五十六分啊,你是不知路是呣,好胆甲恁爸偎过来——"

"刘阿舍仔……"

"刘阿舍仔……"

阿公和火炎仔一人拎着一支酒矸仔,你一句、我一句地,朝着刘阿舍那好似阴曹地府的四合院里叫嚣着。

不知道是不是因为刚才跑得太累的缘故,我觉得满头金星、浑身无力，突然感到全身颤抖起来；就当我蹲在地上，觉得快要昏倒的时候，癞皮狗姆达突然捉狂似的吠叫起来。

我睁大眼睛，朝着姆达狂吠的方向看去，一个小小的人影从护龙彼端升起，他穿着整套全新的太子龙卡其学生服，手上舞动着一枝竹子，摇摇摆摆地朝我走来。

果然是吴西郎来接他的时计鬼了。

看来算命仙仔阿伯公说的没错，这下刘阿舍可是死定了。

我很想要告诉阿公和火炎仔：刘阿舍马上就要死了。可是头昏脑涨的，明明张大了嘴巴，却发不出半点声音来；我觉得全身酸痛，好像刚才被一群大水牛踩过似的……

"时间到。"

说时迟，那时快，就在阿公刚说完这句话时，刘阿舍家里突然响起一长串哭嚎的声音，那声音从双片门的缝隙内凄惨地挤压出来，好似被一阵阴冷的强风钻过，门枢上发出咿呀的摩擦声……十二点正,鞭炮声从远方此起彼落地传过来,整个烧水沟好像突然醒过来了。

"来啊,刘阿舍仔,恁爸等这天已经等很久啊,看乎伊详细,我火炎仔早就活甲太闲在这等你啊——"火炎仔挥舞着酒矸仔剩下的半瓶酒倒洒了一地,他满面虾红,像个大干乐似的慢慢转动起来。

"火炎仔,你免相争——刘阿舍仔,看乎伊详细啊,恁爸在这儿忖死佮你配啦,甲恁爸死出来——"阿公说着又栽了一口酒,作势跨步上前,一把将火炎仔架开,往大门口的石阶上走去……

被阿公推了一把的火炎仔立刻心有未甘地争上前去,他扯住阿公的衣领,顺势挺身而出,同时抬起一只脚来往一扇木门踹去——

咿呀一声,双扇门被人从内拉开,火炎仔一脚踢个空,连滚带翻地拉着阿公一齐摔在门槛上。

"干恁娘咧,惊恁爸啊是唔,惊就好。"火炎仔一手拎着他的空酒瓶,一手将斜挂在门槛上的阿公扶起来。阿公一面捡起地上的酒瓶子,一面用手在膝盖撞伤的地方用力揉搓着。

刘阿舍家的老长工昌财仔从门后走出来,用几颗饭粒在门上抹了抹,把一张写着"严制"的白纸贴在门上,黑色的墨汁还泛着一层水光。

昌财仔贴完白纸,瞪了火炎仔和阿公一眼,便重新阖上木门。

"看啥,吓曾看过坏人哦——"火炎仔对着门内的人叫嚷起来。

"死了是呣,刘阿舍仔你搁死得真准啊——干!"阿公把脸贴近门上的白纸,"写啥么死人骨头?"他和火炎仔互看了一眼,两人同时转过身来,准备步下石阶。

就在他们俩转过身来的时候,背后突然冒出一个清清楚楚的、穿着藏青色和服,人中还留着一小撮胡子的日本人,紧跟在他背后的,正是刚刚寿终的刘阿舍(我终于看见他站起来的样子了)。那个瘦瘦的、看起来大约三十多岁的日本人两眼睁睁直视前方,他们面无表情地跟着阿公和火炎仔步下石阶;我很想警告他们,可是尽管我的嘴巴张得大大的,却发不出半点声音来……

"干!惊就好。"火炎仔得意地说道。

"愈惊愈死啦,火炎仔,你看我讲按呢有道理唔?"阿公挥舞着手上的酒瓶子,差一点打中身后的那个日本人。

癞皮狗窝在墙角,不知道是因为害怕,还是因为着急,它全身颤抖着朝那个日本人和刘阿舍狂吠起来。

"哭饿啊,你是看到鬼哦!"阿公对姆达斥责道。

火炎仔从脚上脱下一只木屐,刚刚拎在手上,还没作势要砸,姆达便像一只长毛大田鼠似的,沿着墙脚一溜烟地夹着尾巴逃走了。

"干恁鬼仔,惊就好。"火炎仔把木屐摔回地面,重新穿上。

窸窸窣窣。

站在大门另一头的吴西郎突然挥动着手上的竹枝,嘴里发出一连串的怪声。

那个日本人和刘阿舍听到吴西郎的召唤之后,就像两枝冰棒似的瞬间一百八十度向后转,然后面无表情地朝吴西郎走去。他们每走一步,便缩小一点点,走到吴西郎面前时,已经变得和一只蚂蚁差不多大小了。

窸窸窣窣。

吴西郎的竹枝在地上扫了几下,好像在赶鸭子似的,待他将那群时计鬼编排整理妥当之后,忽然转过身来,朝我挥一挥手,然后便领着他的时计鬼们继续往下一站目的地走去。

虽然全身都冒出了冷汗,我还是强忍着酸痛,吃力地想要追上前去;我张大了嘴巴,可是却喊不出半点声音来……情急之下,我于是翻起白眼,心中大叫一声:"等一下!"

吴西郎终于听到我的叫唤了,他转过身来,面无表情地看着我,双手下垂,不再舞动绿色的竹枝。

我赶紧追上前去。蒙眬之间,我觉得浑身上下都难过极了,好像衣服、裤子都穿颠倒了似的。奇怪的是,我愈是努力地往前追，就离吴西郎愈远；离得愈远，就愈想追上前……到了后来，面无表情的吴西郎不停地向远处滑去，愈变愈小，小得像一只蚂蚁，终至消失不见了。

我觉得快要喘不过气来了，好像刚刚才绕着地球跑了一周；我变得什么也看不见了，眼前一片漆黑，就在这个时候，耳边响起阿公的声音："阿生仔，你憨憨站置这儿创啥？"

"哪会按迌，目睭全白仁，面色搁青笋笋呢？"火炎仔惊呼起来，"你是不通跟刘阿舍去呢！"

我拚着最后一口力气，终于勉强地发出沙哑的声音来了：

"ㄨˊ——ㄒㄧ——ㄌㄤˊ[131]——"

说完，我便不省人事地昏倒了。

一直到大年初一的正午时分，我才悠悠地醒转过来。睁开沉重的眼皮，我看见阿公、阿妈、武雄、武男还有丽霞仔都围在我的床边，我心想，我大概快要死了。

"死了！死了！"火炎仔从大门外劈劈啪啪地冲进来。

"干恁老母,火炎仔你在黑白讲啥!"阿公对火炎仔怒斥道。

"死了!死了!"火炎仔上气不接下气地说,"死了!死了!算命仙仔死了!"

"啥,阿川伯死了?!"

"死了!死了!算命仙仔佮刘阿舍拢死了!"

"瞳时[132]?"

"昨暗暝[133],和刘阿舍同时。"

…………

分不清应该高兴还是难过,我又再度阖上了眼皮,沉沉睡去。

*

寒假结束,学校又重新开始开学的第一天早上,我和武雄并肩走在笔直的黄土马路上,两旁是高大粗壮的木麻黄,糖厂的烟囱飘出和上学期一样的味道,麻雀在围墙上吵得正厉害，路边的蟾蜍吃力地跳了几下之后，像一颗石头似的跌进草丛里去。

刘阿舍和阿川伯公都死了，阿公跑去跟和尚光仔讨回他的日本制推剪和剃刀，火炎仔的红龟粿炊笼又开始冒出白蒙蒙的水蒸气。除此之外，一切都和从前一样。

还有，吴西郎从此消失不见了。

我心中隐隐约约有一个不样的预感，从此之后，学校恐怕又会恢复到往常的上、下课时间，上课五十分钟，下课十分钟，再上课……还有，迟到的人要罚站在标语下面。

"慢慢走才狯迟到。"我对身旁的武雄说。

"先来去焢番薯好唔？"武雄从书包里捏出一丸红龟粿，往天边掷去。

"好啊，惊你哦？"

"走！"

过完一个年，我们的猪圈依然没变，光线充足、通风良好，还有一个现成的焢窑。上学期种的番薯，已经长成一大片了,绿油油的番薯叶子向四面八方伸展开来,把土地庙口的阳光都遮住了。

武雄取出先前预藏的火柴,把一些枯枝、树叶塞进灶里升火。我走到大陶瓮旁边,把缺口前面的番薯叶子拨开。

吴西郎做的时计鬼王还在。

我双手合十,给时计鬼王鞠了一个躬,没有五官的时计鬼王依旧面无表情地端坐在原地。这时,我突然想起了吴西郎的话,于是便翻起白眼瞅着时计鬼王……神像原本平坦的脸上,慢慢地浮现出眼睛、鼻子和嘴巴来,终于,我看见一张清清楚楚的,很像是吴西郎的脸……不对,是算命仙仔阿川伯公……不是,不是,是刘阿舍仔……是……是云州大儒侠史艳文,是学校花圃里面站在"服从领袖"上面的那个铜像……又好像是炒海产的瘸手义仔,好像是我的外公黄水木,好像是级任导师谢烟飞,好像是摇铃的工友伯伯,好像我自己……

一串急促而微弱的铜铃声自远方传来。我的眼前一片漆黑。

"要先去上课唔，咱是不是迟到啊？"武雄手上抱着一堆刚挖出来的番薯。

听到"迟到"这两个字，我突然精神了起来，急忙向竹林外的学校方向奔去。

"等我啦！"武雄扔下手上的番薯，重新调整好书包的位置，急忙地跟上来。

冲出竹林，穿过稻田旁的一大片坟墓，待我们重新回到大路上时，突然从路边的芒草丛里窜出一尾亮闪闪的青竹丝来；它在地上蜷曲扭动了几下，昂起头来，吐着红色的蛇信，狠狠地瞪着我和武雄，挡住我们的去路。我们靠右，它也往右；我们靠左，它又往左……

"乎伊死！"武雄情急之下拾起一块路边的大石块，将它高高举起，准备砸下。

"不行！"我拦住武雄。

"要迟到啊？"

"反正不行就是不行。"

我用力扭痛武雄的手臂，大石块掉下来砸在武雄的脚上，武雄痛得哇哇大叫起来，在我还没有决定应该悲伤或是大笑的时候，我们便已经在大路上翻滚扭打起来，并且牢牢地掐住了对方的脖子。一辆载满甘蔗的牛车从我们后方驶来，虽然驾车的老阿伯已经睡着了，大水牛依旧很尽责地，一步一步地慢慢向我们接近……

青竹丝依然狠狠地盯着我们……

大水牛一步步地向我们压过来……

我们的手渐渐都酸了，彼此只是无可奈何地勒住对方的脖子。

"你放手！"

"你先放！"

"你兔狷想。"

"你嘛免狷想。"

《台湾新文学》冬季号，1999年

台湾常用方言简译

1. 银角仔：铜板，铜制的钱币，今多泛称硬币。
2. 空：形容人呆笨、头脑不清楚的样子。
3. 庙埕：庙宇前面的大广场。
4. 干乐：陀螺。
5. 凉亭仔脚：骑楼。成排的建筑物在一楼靠近街道部分建成的走廊，为多雨地区发展出的建筑样式。
6. 臭盖：吹嘘、胡扯。
7. 囝仔：小孩子。
8. 吃乎死卡赢死无吃：与其饿死，不如吃到饱死。
9. 一枝草一点露：有草就有露水，意谓天生我材必有用。
10. 不免：不必、不用、不需要，也作"呒免"。
11. 歪嘴鸡吃好米：原指嘴巴歪斜的鸡无法吃小粒的米，反而有大米可以吃，后来多讽刺人自不量力，自身条件不好却妄想吃大米。好米，为大米。

12. 囝仔仙：形容年纪轻就有一副大人的气度，通常泛指具有通灵能力的孩童，即小孩仙。

13. 猴死囝仔：常被用来责骂顽皮的小孩子。

14. 创啥：做什么。创，做、弄。

15. 尪仔：泛指所有的人偶。

16. 没待没志：没事。待志，事情。

17. 灶脚：即厨房。

18. 拢总：全部、总共。拢，都、皆。

19. 黑白讲：胡说八道、乱说话。黑白，乱来、随便。

20. 叼位：即哪里。

21. 七月半的鸭子不知死活：形容人没有忧患意识，不知大难临头。

22. 光火：生气、发怒。

23. 老番颠：老糊涂，骂人年老而言行反复无常。

24. 查某人：女人、太太、妻子。查某，女性、女生。

25. 按怎：怎么、怎样。通常用于询问原因、方式，有时也含有挑衅的意味。

26. 恁：你的、你们的，或指你们。

27. 哭爸：粗俗的骂人语。以丧父为比喻，来表示不屑他人的叫苦或抱怨。或作为口头语表示糟糕、不满及遗憾。

28．看衰：瞧不起、看扁。

29．不通：不要、不可，或作"呒通"。

30．呒：不，否定词。

31．卡早困：早点睡。卡早，以前、比较早。卡，比较。

32．按迌：这样。

33．透早：大清早、七早八早。

34．卡紧：快一点。

35．闪卡边：闪到一边。

36．讨皮痛：讨打、自讨苦吃。

37．骗猾仔：装疯卖傻、胡说八道，有欺骗之意。猾，疯子。

38．知死：知道死活，明白事态严重。

39．亲像：好像、好比。

40．好势：形容舒服、舒适，或指事情顺利推演。也可作"好意思"，常用于反诘语气。

41．恁爸：老子。男子自称的粗俗用法，常用于蔑视别人、发怒或开玩笑时的口头语。

42．后叔：继父。

43．啥米碗糕：什么东西。啥米，什么，为台语"啥物"的音译。碗糕，常和"啥物"结合使用于疑问句中，带有负面意义。

44．包袱款款：把东西收一收。包袱，通常指行李。

45．尾仔：最后、后来。

46．查甫：男人、男性。

47．没路用：没有用、不中用。

48．脚数：指戏台上演戏的角色，或表示某种身份地位的角色。

49．目睭金金：眼睛张得大大的。目睭，眼睛。金金，睁大眼睛。

50．头前：前面、前方，指空间、次序上比较先的。或作前些时候，时间上比较早的时候。

51．弄拐仔花：施展诡诈的手段，耍花招。

52．乞食分到吃，搁会弄拐仔花：乞丐吃饱了，拿拐杖耍花样。讽刺人在得意之时就忘记受苦之时，得意忘形。

53．时阵：时候。

54．咒诅：发誓、立誓。

55．干古：吹嘘、胡扯。

56．作伙：一起、一块儿。

57．加讲话：说了不该说的话。

58．后壁：背面、后面。

59．忖死：拼死，不顾死活豁出去。

60．掠狂：抓狂、发狂，表示非常愤怒或极度紧张。

61．拄卵：形容生气、愤怒、不爽。

62．呒放你煞：不与你善罢甘休，跟你没完。煞，罢休、算了。

63．九怪：顽皮、调皮、爱作怪。或指不听教诲、不驯服，喜欢与人作对。

64．细汉：形容身材矮小、年龄较小或是辈分排行在后。

65．大汉：形容身材高大或是比较年长，也指长大。

66．有影：真实不虚的。

67．吃老不知样：年老但不像样。不知样，不像话、不像样。

68．夭寿骨：夭寿、短命早死，骂人用语。

69．斗嘴鼓：斗嘴、争辩、闲聊。

70．迌迌：游玩、玩弄，或是形容好玩的。

71．牵手：太太、老婆。

72．颟顸：形容人愚笨、笨拙、迟钝、没有才能。

73．读册：读书、念书，或指上学、上课。

74．土脚：地面、地上、地板。

75．细声：小声。

76．阿都仔：外国人，通常指鼻子高挺、肤色白皙的西洋人种。

77．妗博假博：不会装会、不懂装懂。

78．番仔火：火柴。

79．恬恬：形容安静无声，或斥令别人安静。

80．呒影：不真实、没有的事，也作"无影"。

81．督龟：打瞌睡、打盹。

82．转去：回去。

83．后摆：下次、下回，或指将来、未来。

84．缘投：英俊，形容男子长相好看。

85．孝男面：形容人哭丧着脸的样子。

86．恰查某：形容女人凶悍、泼辣。

87．铁齿铜牙槽：固执的、顽固的。

88．同款：相像、一样、没有差别。

89．假仙：假装、装蒜、装模作样。

90．法度：方法、办法。

91．听拢呒：全都听不懂。

92．雾煞煞：不懂、无法理解对方讲的内容及意思。

93．搁一摆：再一次。

94．背骨：指人忘恩负义、背叛他人。

95．猾想：妄想。

96．白贼七仔：说谎的人。白贼，谎话。

97．咀位：哪里。

98．摇摆：嚣张，形容人的行为举止放肆傲慢。

99．头壳坏去：脑筋坏掉了，骂人头脑有问题。

100．博杯：掷筊，丢掷以木头或塑胶做成二片半月形状的杯筊求神问卜，借此与鬼神对话。

101．矮仔猴：骂别人矮小。

102．假鬼假怪：装神弄鬼、装模作样。

103. 好业人：有钱人、富有的人。

104. 头家：老板、雇主，或指丈夫、先生。

105. 一兼二顾，摸蛤仔兼洗裤：意谓一举两得。

106. 透世人：一辈子、一生。

107. 所费：费用、花费。

108. 古意：忠厚、老实、憨厚。

109. 歹势：不好意思、对不起、抱歉，或指害羞、难为情。

110. 日头赤焰焰，随人顾性命：烈日之下各自求生，意谓各顾各的事。

111. 厝边：邻居，或指房子的旁边。

112. 无底讲：无处讲。

113. 打尻川：打屁股，泛指一般的处罚。

114. 臭乳呆：咬舌儿。说话时舌尖接触牙齿，造成发音不清楚，形成童稚的声音。

115. 青猴：急躁。

116. 呆成子：不良少年、小混混。

117. 应嘴应舌：顶嘴、还嘴、争辩，多指对长辈而言。

118. 话搁讲倒转来：话说回来，也作"话搁讲倒头"。

119. 起猾：发疯、发神经。

120. 酒空：指喝酒喝到醉的人，并且形容人喝到痴傻，带有贬义。

121. 破格：八败命、扫把星。形容人在命理上有缺陷，常带来霉运将事情搞砸，或是常说负面的言语。和华语中的"破格"意思不同。

122. 人生海海：人生也不过就是如此。海海，形容诸般事务并没有特别值得期待的地方，一切只是普普通通而已。

123. 暗时：夜晚、晚上。

124. 便便：现成就有的。

125. 臭弹：吹嘘、胡扯。

126. 代先：事先、预先，或指第一个、最前头的。

127. 路尾：最后、后来。

128. 下晡：下午。

129. 酒矸：酒瓶。

130. 拖棚：推延、拖延。

131. 吴西郎：为闽南语"有死人"的音译，此处"ㄨˊㄒㄧㄌㄤˊ"为吴西郎的注音形式。

132. 瞳时：什么时候。

133. 暗暝：夜晚。

袁哲生生平写作年表

1966

  2月9日出生于台湾高雄县冈山镇（今高雄市冈山区）

1987

  《开学》获第7届台湾"学生文学奖"大专小说组佳作，6月刊于台湾《明道文艺》第135期

  《庆叔的脚踏车》获第6届台湾"华冈文艺奖"小说组第3名

1994

  《送行》获第17届台湾"时报文学奖"短篇小说首奖

  完成硕士论文《生活的雕塑家：梭罗〈湖滨散记〉之禅释》，台北：私立淡江大学西洋语文研究所

1995

《雪茄盒子》获第7届台湾"'中央'日报文学奖"小小说奖第2名

发表《袁哲生的创作观》，收入张芬龄编，《八十三年短篇小说选》（台北：尔雅出版社）

12月出版短篇小说集《静止在树上的羊》（台北：观音山出版社）

1997

4月14日发表书评《后天免疫不全流浪症候群——评介蒋勋〈岛屿独白〉》于台湾《联合报·读书人周报》47版

6月23日发表书评《哈姆雷特不宜复仇？——评介成英姝〈人类不宜飞行〉》于台湾《联合报·读书人周报》47版

8月30日发表《创造与鉴赏（外二帖）》于台湾《联合报·副刊》41版

1998

《没有窗户的房间》获第20届台湾"联合报文学奖"短篇小说评审奖

3月14日发表新诗《移动（外一首）》于台湾《联合报·副刊》41版

4月29日发表《启动乡愁的窗口：阅读四月份网路小说接力》于台湾《联合报·副刊》41版

7月10日至12日发表小说《最快乐的一天》于台湾《联合报·副刊》37版

8月8日发表新诗《湖》于台湾《自由时报·副刊》41版

11月9日发表书评《转述梦境的孩子——评介陈璐茜〈噪音公寓〉》于台湾《联合报·读书人周报》48版

11月27日发表《得奖感言：盛夏午后的相遇》于台湾《联合报·副刊》37版

1999

《秀才的手表》获第22届台湾"时报文学奖"短篇小说首奖

5月出版短篇小说集《寂寞的游戏》（台北：联合文学出版社）

7月16日发表新诗《暗房》于台湾《"中央"日报·副刊》22版

8月发表《复归结绳记事》于台湾《幼狮文艺》第548期

9月6日发表书评《崩溃的喜悦——评介弗里德里西·托贝格〈骑马师提欧的最后一场比赛〉》于台湾《联合报·读书人周报》48版

11月发表《窗景》于台湾《讲义》第152期

2000

5月30日发表《不安的戏论：五月份网路征文评选报告》于台湾《联合报·副刊》37版

8月出版中短篇小说集《秀才的手表》（台北：联合文学出版社）

8月21日发表书评《美国南方之光——评介约翰·福克纳〈比尔大哥〉》于台湾《联合报·读书人周报》48版

8月23日发表《人生低温加速时》于台湾《中国时报·人间副刊》37版

10月23日发表书评《下面就没有了——评介椎名诚〈中国鸟人〉》于台湾《联合报·读书人周报》48版

12月27日发表书评《遗忘与宽容——论黄春明小说〈放生〉》于台湾《自由时报·副刊》39版

2001

2月12日发表书评《众色之声，分轨而行——评介几米〈地下铁〉》于台湾《联合报·读书人周报》30版

9月17日发表书评《逃吧，影子——评介鲁西迪〈哈乐与故事之海〉》于台湾《联合报·读书人周报》30版

12月出版《倪亚达1——真是令人不屑！》（台北：宝瓶文化）

2002

《猴子》获第 33 届台湾"吴浊流文学奖"小说奖正奖

1 月 3 日发表《本能》于台湾《联合报·副刊》37 版

1 月出版《倪亚达脸红了》简体中文版(北京:中国社会科学出版社)

3 月出版《倪亚达脸红了》(台北:宝瓶文化)

7 月出版《倪亚达 fun 暑假》(台北:宝瓶文化)

10 月出版《倪亚达很不屑》简体中文版(北京:中国社会科学出版社)

2003

1 月出版《倪亚达 FUN 暑假》简体中文版(北京:中国社会科学出版社)

3 月出版《倪亚达黑白切》(台北:宝瓶文化)

7 月 5 日发表《像我的国小同学》于台湾《中国时报·人间副刊》E7 版

8 月 8 日发表《大提琴音色般的朋友》于台湾《中国时报·人间副刊》E7 版

9 月出版中篇小说《猴子》《罗汉池》(台北:宝瓶文化)

10 月 12 日发表书评《为了浅尝一口诱人的情爱——评介吉·格

飞〈欲望初绽的夏天〉》于台湾《中国时报·开卷》B2 版

2004

3 月 14 日发表《小说家看小说 100 票选：谁决定作品的"能见度"？》于台湾《联合报·副刊》E7 版

3 月 16 日发表《时间感〈外一篇〉》于台湾《联合报·副刊》E7 版

4 月 5 日辞世，得年 39

4 月 11 日书评《不久前的美好——评介东尼·帕森斯〈男人与情人们〉》刊于台湾《联合报·读书人书评花园》B5 版

5 月《袁哲生未发表笔记摘要》刊于《诚品好读》第 43 期

5 月 18 日小说《盗伐者》刊于台湾《新台湾新闻周刊》第 406 期

2005

3 月台北宝瓶文化代为出版纪念文集《静止在：最初与最终》

4 月《小说的叙事结构》刊于台湾《幼狮文艺》第 616 期

2017

《秀才的手表》《寂寞的游戏》简体中文版出版（北京：后浪出版公司）

图书在版编目（CIP）数据

秀才的手表 / 袁哲生著. -- 北京：北京联合出版公司，2017.6（2020.12 重印）
ISBN 978-7-5596-0478-1

Ⅰ.①秀… Ⅱ.①袁… Ⅲ.①中篇小说—小说集—中国—当代 Ⅳ.① I247.5

中国版本图书馆 CIP 数据核字（2017）第 129542 号

秀才的手表
Copyright © 2000 袁哲生
中文简体字版 © 2017 银杏树下（北京）图书有限责任公司

秀才的手表

著　　者：袁哲生
出 品 人：赵红仕
选题策划：后浪出版公司
出版统筹：吴兴元
责任编辑：夏应鹏
特约编辑：范纲桓　王介平
营销推广：ONEBOOK
装帧制造：墨白空间・韩凝

北京联合出版公司出版
（北京市西城区德外大街 83 号楼 9 层　100088）
北京天宇万达印刷有限公司印刷　新华书店经销
字数 107 千字　889 毫米 × 1194 毫米　1/32　8.5 印张
2017 年 9 月第 1 版　2020 年 12 月第 2 次印刷
ISBN 978-7-5596-0478-1
定价：42.00 元

后浪出版咨询(北京)有限责任公司 常年法律顾问：北京大成律师事务所　周天晖 copyright@hinabook.com
未经许可，不得以任何方式复制或抄袭本书部分或全部内容
版权所有，侵权必究
本书若有质量问题，请与本公司图书销售中心联系调换。电话：010-64010019